Sabores envinados de nostalgia

Myrna del Carmen Flores

Sabores envinados de nostalgia

Sabores envinados de nostalgia

ISNI: 0000 0004 7785 8523

Este libro es un trabajo de ficción, nombres, personajes e incidentes son producto de la imaginación del autor o usados de una manera ficticia. Cualquier parecido con personas reales, vivas o muertas, eventos o lugares son meramente coincidencia.

ISBN: 9798323331055

Ilustración de portada:

María Contreras Luévano

Corrección:

Cristina Ruiz

A mi hermana

que en mi infancia fue escudo, en mi adolescencia confidente, por siempre mi raíz y ahora, mi primera lectora.

A mis hijos y a mi esposo

que cada día están ahí, junto a mis sueños.

A mi maestra Clara de Roxo

que me ayudó en la creación de los personajes.

A mis amigas

por no cansarse nunca de guiarme en la creación de historias.

A Cristina Ruiz

por darle ese toque final a esta novela con sus recomendaciones.

A María Contreras Luévano

por una magnífica ilustración de portada.

PARTE I

El pasaje

«El duelo suprimido sofoca. Hace estragos dentro del pecho y está forzado a multiplicar su fuerza». Ovidio.

Fabiana observaba la repisa con los frascos de las esencias, los estantes, las vitrinas; el lugar al que siempre sintió que pertenecía. El brillo en la mirada semejaba desbordarse. La tensión en la mandíbula le produjo un latigueo hasta el cuello que la hizo encoger los hombros y doblar los codos. Cerró los párpados. Al abrirlos, la realidad la abrumó.

«Lo mejor sería irme y nunca volver», pensó.

Giró hacia la puerta. Observó a Fausto entrar.

—Adelante. Bienvenido a tus dominios. —Le hizo una reverencia.

—Fabi, tienes que entender que...

—¿Qué? ¿Que estoy fuera? Claro que lo sé. ¿Ves esos fondant? Yo los creé. —Sujetó la silla tras la registradora, la levantó con rapidez y golpeó los vidrios de la vitrina que guardaba los pasteles decorados—. ¡Ese arte es mío! ¡Solo mío!

Un vidrio voló hacia el brazo de Fausto. Ella bajó la silla, sus ojos se agrandaron y dio un paso atrás. Luego reaccionó, tomó una servilleta y apretó la herida para evitar que la sangre continuara fluyendo.

FABIANA

Entré al lugar de la misma manera que cuando era niña, a través del acceso secreto que solo Mili y yo conocíamos. Antes me divertía, ahora la oposición a mi presencia me obligó a utilizar la táctica de antaño.

Caminé despacio hasta el mostrador para evitar que algún ruido me delatara; lo abrí y tomé la primera muestra del producto. Me pareció insípido y reseco. Después, probé la segunda que se suponía era una empanada salada, pero me resultó empalagosa, además. el relleno de carne tenía demasiadas especias; un contraste nada agradable. La tercera degustación fue la crema pastelera, que escupí al instante de ponerla en mi boca. El sabor agrio me indicó el poco cuidado que le dieron a su manejo.

Me sentí impotente ante la deficiente administración actual y, el temor de que el negocio que Mili cuido con tanto amor se perdiera.

No era cuestión de dinero. Era amor y respeto por su oficio, el cual supo transmitirme. Pensé que mi hermano lo apreciaba también, aunque los hechos me indicaran que no tenía la menor estimación por la pastelería. De mi hermana, Fara, nunca tuve dudas, éste, le significaba lo mismo que cualquier otro establecimiento de esta calle.

¿Por qué me dejaste fuera, Mili? Nunca podré entender tu decisión de heredar solo a Fausto y a Fara. Olvidaste mi devoción por este trabajo, y te olvidaste de la pequeña Gregoria. No le diste la oportunidad de conocer y amar el oficio.

Tiré la crema y comencé a preparar una nueva. No importaba que no fuera mío, no permitiría que se perdiera una vida de esfuerzo.

No podría desaparecer las empanadas sin que notaran lo que sucedió. No importaba. Sabía que pronto ya no las iban a preparar o tendrían que mejorar el sabor, al darse cuenta de que la gente buscaba otros productos más agradables.

Quedó perfecto. Verifiqué muy bien que las puertas de los refrigeradores se cerraran de forma hermética para que nada alterara ninguno de los productos.

Salí de la misma manera que entré; recorrí de nuevo el pasaje hasta la propiedad que me heredó. Un lugar magnífico y de un precio parecido, o quizás mayor; sin embargo, para mí el valor del negocio era más importante que otra cosa.

—¿Dónde andabas, linda? —me preguntó Kelia al entrar a la cocina. Me saludó con un beso—. Pensé que habías salido.

—¿Hace mucho que llegaste?

—Como quince minutos. Te busqué por todos lados.

¿Andabas por aquí?

—En el patio, revisando las plantas.

—Te busqué también ahí.

—Entré a la recámara. Supongo que en ese momento te encontrabas acá. No veo el misterio.

—No te molestes; me pareció extraño, después de mi tenaz búsqueda.

—Supongo que nos movíamos sin coincidir. No es como que hubiera un escondite por ahí. —Sonreí intentando ocultar mi nerviosismo que al parecer ella tradujo en enojo—. Hagamos la cena, ya casi es hora de que Fausto llegue con Goyi de casa de Dafne. Quiero prepararle sus galletas preferidas.

Gregoria era hija del tío Marcial, hermano de mamá. Como corresponsal en un periódico y se pasaba la vida viajando por el mundo a la caza de las noticias. La abuela y él volvieron de un viaje largo. Él llegó con una la pequeña en brazos. Aún no empezaba a caminar. La dejó en casa y se fue al país que le fue asignado. No volvió hasta meses después; la niña ya estaba adaptada a su nuevo hogar.

Entonces yo era una joven tímida, con pocos amigos, por lo que la llegada de la invasora no me molestó. En cambio, para mis hermanos, Fausto de diecinueve, rodeado de amistades y Fara, que necesitaba espejos para admirar su belleza, lidiar con una niña tan pequeña fue una ofensa a su vida cómoda. Sin embargo, los ojos color miel de esa traviesa poco a poco se ganaron el cariño de todos, de tal manera, que nueve años después, no podríamos imaginar vivir sin ella merodeando en nuestro entorno.

—Kelia, ¿por qué crees que les heredó la pastelería a ellos? Pudimos haberla compartido, incluso con Goyi, ella también debería ser parte de ese legado. No lo comprendo. Me duele esa decisión.

Mezclé las claras con las almendras y las avellanas molidas en una danza giratoria de mis manos, como si envolviera mis sensaciones en esta. Luego el azúcar que raspó mis dedos de forma agradable. Fui dejando caer el licor de grosella con lentitud. Aspiré profundo. Su olor refinado por lo regular me relaja, aunque ni tres botellas me hubieran aliviado.

—No lo sé. Ella estaba consciente de que amabas trabajar ahí. Siempre la consideré una mujer prudente, no creo que haya tomado la decisión a la ligera.

Apaleé la masa con más fuerza de la necesaria. Tres nuevos golpes; ni hacerlo toda la noche hubiera calmado mi frustración.

—Ya ni siquiera debo acercarme.

—De eso tampoco puedes culparlos. —«Tampoco». Hasta Kelia pensaba que mi enojo era hacia ellos—. Tomaste la silla y golpeaste la vitrina; no fue una buena idea.

—Estaba furiosa.

—Ya sé, de cualquier forma, romper la vidriera y lastimar a Fausto no se justifica.

—Fue un accidente. Se lo expliqué.

—Lo hiciste, pero ¿te disculpaste?

Suspiré. No lo había hecho. ¿Cómo hacerlo? ¿Qué decir? No me molestaba que fueran los dueños. Ni me habría enfadado si hubiéramos compartido el manejo. Mi mente entendía que no era su culpa, aunque mi corazón continuaba sintiendo recelo por quedar fuera.

Formé las galletas, las espolvoreé con el azúcar glas y las metí en el horno.

—¿Me necesitas, linda? —Tocó mi brazo con suavidad mientras sonreía—. Debo enviar unos mensajes.

—Anda. Ve. Las delicias están listas para hornear durante quince minutos.

¿Qué hubiera hecho sin la claridad y calma de Kelia? Era como la voz de mi conciencia que me detenía de hacer locuras. Bueno, casi siempre.

Cerré los ojos, embriagada por el aroma del licor, evaporado, que dejó en el aire la dulzura de las grosellas.

Minutos después, escuché la risa diáfana de Goyi, y sus pasos acercándose a la cocina. Al entrar suspiró profundo para olfatear las galletas que eran sus preferidas.

—¡Galletas! ¿De grosellas y almendras? ¿Ya están listas? —indagó la niña con el brillo de la felicidad instalado en la mirada—. Quiero muchas.

—Solo un par de minutos; debemos dejarlas enfriar. Sube

a darte un baño. Prometo que, al regresar, las tendrás en tu plato, listas para que las devores junto con un vaso de leche.

Salió corriendo, dispuesta a apresurar los segundos que la separaban de ese plato tentador. La tela del vestido se movía al vaivén de la cola del cabello.

—¿Estás mejor?

—Nada que un par de puntadas no pudiera arreglar. Una buena cicatriz que quizás se transforme en un tatuaje.

Solo debía decirlo. «Lo siento». La frase se atoraba en mi boca. Me punzaba haberlo herido, aun así, me resultaba imposible pronunciar esas dos palabras. Recordé lo dicho por Kelia. «Con esa actitud, puedes perder más que la empresa». En realidad, no era mi deseo alejarme de mis hermanos. Me sentía confundida y demasiado vulnerable. No obstante, era seguro que amaba a Fausto y a Fara; ellos no eran culpables de esa decisión.

Giré mi cuerpo hacia el horno donde las galletas parecían orgullosas de haber sido creadas. Saqué la bandeja y la acomodé sobre la estufa; la estufa de Mili, la cocina de Mili, la casa de Mili.

Un mes antes de su partida, me entregó las escrituras de la propiedad. La casa principal estaba a mi nombre y los departamentos le pertenecían a cada uno de mis hermanos.

Fausto entró a la cocina silencioso, puso las manos al ras del fregadero y se recargó en él mientras me dirigía una de sus miradas insondables. No lo había visto desde el accidente con los vidrios. Aún usaba la venda en el antebrazo. No tenía idea de cómo disculparme.

— Mili yo...

—¿Acaso crees que el destino de esta casa es que habite mi fantasma? No pueden rechazarlo. Es un hecho.

—El tío o mis hermanos... quizás estén inconformes.

—La propiedad era mía, soy la única que puedo decidir sobre ella. Cada uno recibirá lo que le corresponde. El hogar de Marcial es el mundo; ahí es feliz. Ni una palabra más, esta será tu casa. Solo no deseo que los demás lo sepan aún. Promete que no les dirás nada hasta que mi testamento se abra.

—No hables de eso.

—Callar no lo va a borrar. No me queda mucha vida. Al contrario, creo que si fuera valiente, sería el punto de hablar o revelar lo que deba saberse.

—No conozco a nadie más valiente que tú. —Negó agitando la cabeza.

—No olvides nuestro secreto. Solo tú y yo sabemos de la puerta escondida —me indicó al oído.

La extraño tanto. La amaba y estoy segura de que ella también a mí. Debía aceptar sus decisiones. Tal vez en el futuro me fuera posible entender lo que la llevó a dejar las cosas de la manera que lo hizo. Giré de nuevo hacia mi hermano y decidí disculparme por la forma en que reaccioné.

—Fausto...yo...

—No digas nada. Es tan reciente.

—Comprendo que fue decisión de ella y que ustedes...

—Prefiero no hablar. Deja que pase el tiempo. Ha sido abrumador. ¿Me explico? No quiero pensar en eso. Su muerte me afectó demasiado como para tener discusiones por la herencia.

—¿Crees que a mí no?

—No digo eso. Aunque desde que conocimos su voluntad, no hablas de otra cosa que la pastelería. Ella era más que eso. Era más que un lugar.

Cerré mis manos con fuerza; no tanta como la que necesité para no abrir la boca y gritar lo que me carcomía por dentro. Un segundo estuve a punto de pedirle que me disculpara; y al siguiente lamentaba no haber roto todas las vitrinas del lugar.

—Tienes razón. No es momento de hablar de esto. Es mejor que te vayas.

Volteé hacia las galletas y las fui acomodando en un plato, mientras escuchaba que sus pasos se alejaban.

Él no lo entendía. Mili era mucho más que un lugar. Pero ese lugar sí era ella.

FAUSTO

—¿Qué te sucedió? —preguntó Fabiana al verme con la rodilla izquierda doblada, dando brinquitos para avanzar al interior de la casa principal, y la ropa manchada de sangre y lodo —. ¿Estás herido?

Corrió hacia mí y acomodó mi brazo en la cintura, de manera que pudiera apoyarme en ella. Me ayudó a llegar al sillón. Se quedó parada, mirándome con una mezcla de preocupación, enojo, y asombro. Guardó silencio unos segundos, dándome espacio para organizar mis ideas.

—¿Qué te pasó?

—Julio me retó.

—¿Julio? Él es tu amigo, ¿no?

No respondí. A los siete años no tenía idea de lo que era la amistad. ¿Era Julio un amigo con sus burlas al caerme y llorar?

«Eres una niña». ¿Por qué llorar tiene que ver con ser hombre o mujer? ¿No sentimos todos dolor como seres humanos? ¿Era Julio un verdadero aliado si me incitaba a demostrar que no me acobardaba, cuando en realidad, me sentía aterrado?

—¿Qué sucedió?

—Me dijo que saltara el tajo. Lo hice; al aterrizar al otro lado la bici cayó sobre mí. Me duele mucho la pierna.

—¿Y cómo llegaste hasta aquí?

—Me senté en la barra de la bici mientras Julio pedaleaba.

«Te ves ridículo sentado como niña». Las burlas se repetían en mi mente.

—Ven —me indicó mi Fab—. Debes bañarte. Pondré una silla de plástico bajo la regadera. Llamaré a mamá o a papá para que te lleven al hospital.

—No. No les digas. Me van a regañar.

—Tengo que decirles. Tienen que revisar tu pierna.

—Entonces dile a la abuela. Ella lo va a resolver.

—Está bien, si necesitas ayuda para vestirte me echas un grito. Luego que estés cambiado iré a decirle.

—Ella siempre soluciona las cosas.

No sé la razón para recordar ese incidente, Fabiana de trece, y la abuela con todos los años encima, ayudándome a mentir y a resolver el problema con mis padres, que jamás se enteraron cómo me rompí la pierna. No fue la primera, ni la última ocasión que ellas lo harían. A veces juntas, otras de manera individual, fueron mis cómplices durante mi infancia y adolescencia.

Fab siempre ha sido la fuerte de la familia. La que decide, la que domina. Sin embargo, esta vez, abue nos dio la batuta a Fara y a mí. Lo que me atemoriza y me fascina.

Me quedé parado en el jardín. La propiedad estaba dividida entre la casa principal y los departamentos laterales. En teoría, el de la izquierda era de mi madre, y el de la derecha, del tío Marcial. En realidad, la dueña de todo era abue. Después de la muerte de mis padres, nos fuimos a vivir con ella.

Tres años atrás, decidí volver al departamento. Aún estaba lleno de los fantasmas de la memoria, pero con la edad, había aprendido a guardarme los miedos y las dudas. Esos fantasmas ya eran una parte de mí mismo. Después de todo, es lo que un hombre se supone debe hacer: callar, ocultar flaquezas y disfrazarse de la fuerza que exige su condición, a cambio de las promesas de superioridad y dominio.

Entré al departamento y me senté en el sillón, cansado. No de una forma física. Las últimas semanas habían sido difíciles de digerir. La muerte de abue que, aunque advertida por la doctora Martínez, no dejaba de doler.

Después, la vorágine de reclamos y dramas ante la sorpresa de sus decisiones. No creo que nadie de los involucrados hubiera imaginado sus deseos.

La oficina del notario era amplia. A pesar de la distancia entre mis hermanas y yo, me sentía sofocado, No deseaba escuchar la voluntad de la abuela, como si lo único que quedara de ella fueran las cosas materiales. Los días anteriores, fantaseé con tomar una maleta y alejarme; igual que siempre, no lo hice.

—De acuerdo con los deseos de la ciudadana Camila Valles Jiménez, la casa familiar ha sido distribuida de la siguiente manera —indicó el licenciado Ferrer—: La casa principal pasa a ser propiedad de Fabiana Alvarado Casavantes; el departamento número uno queda a nombre de Fausto Alvarado Casavantes y el departamento número dos a nombre de Fara Alvarado Casavantes. Señorita Fabiana, ¿trajiste las escrituras?

—Sí. Aquí las tengo. —Se levantó y le dio a cada uno el documento correspondiente. —La mía, si desean verla. —Negué con un gesto. Seguramente todo estaba en regla.

—No entiendo —interrumpió Fara —. ¿Qué sucederá con el tío Marcial y Gregoria?

—En el ámbito legal, puedo informar que la señora Valles dejó un fideicomiso a favor de la menor Gregoria Casavantes Salas, que será entregado a la niña al cumplir los dieciocho años. Como albacea se ha nombrado a su padre, Marcial Casavantes Valles. —Ferrer buscó entre las carpetas sobre el escritorio, en seguida nos mostró un documento, debidamente legalizado, donde el tío nombró a Fabiana como representante en la lectura del testamento—. La señorita Fabiana, con el poder que se le ha otorgado, puede firmar la aceptación de esa labor, además de la cuenta de banco donde se depositó una cantidad que le fue otorgada.

Sonreí. Fabi quedaría a cargo, como albacea de facto, de la misma manera que cuidó las escrituras para entregarlas justo en ese instante. Era seguro que supo que tío Marcial declinaría venir a escuchar su decisión y que mi hermana lo resolvería.

—Así mismo, a cada uno de sus nietos y a su hijo Marcial les ha heredado una cantidad equitativa del dinero, del cual pueden disponer de inmediato. Esta queda estipulada en los documentos. Cada uno debe ir al banco correspondiente a validar la firma. Nos dio las hojas que no me interesó leer.

—Con respecto a la pastelería y panadería *Lory's* continuó el abogado—, se ha declarado a Fausto y a Fara Alvarado Casavantes como los dueños absolutos.

—¡Qué! ¿Y yo? —la voz chillona de Fabi retumbó sobre mi piel causándome un estremecimiento.

—La construcción y el terreno del local se vuelve propiedad compartida entre los tres. No así el nombre, que está legalmente registrado, el mobiliario, el dominio de las recetas exclusivas que han sido el sello del negocio desde sus inicios. Todo eso pertenece a Fausto y Fara Alvarado. —Continuó el abogado—. Ellos deberán pagarle a la señorita Fabiana la parte proporcional a la renta. Por supuesto, la cantidad ha quedado estipulada. Sin embargo, ella no podrá trabajar en la pastelería. La señorita Fara y el señor Fausto Alvarado no tienen facultad de vender o ceder los derechos en un plazo de un año. De no cumplirse las condiciones determinadas, el comercio será liquidado en totalidad, incluyendo el inmueble. En ese caso, los herederos recibirían el valor de los activos.

Fabiana se levantó mientras examinaba los papeles como si estos pudieran responder sus dudas. Fara me miró sorprendida, mientras negaba con la cabeza. Quería salir huyendo. Me sentí más asfixiado que minutos atrás. ¿Por qué? Era la pregunta que no cesaba en mi cerebro. ¿Dónde firmo para renunciar?

LLAVE

Fabiana giró el picaporte tan despacio que casi perdió el equilibrio. La mano izquierda se aferró al marco de la puerta, lo que separó la madera un poco. En ese espacio descubrió una llave.

Era vieja, de color cobre, tenía forma de tres círculos enlazados semejando un trébol, que estaba pegado a un tubo delgado, en cuyo final, sobresalía un borde con dos pequeñas líneas paralelas unidas por una horizontal.

Se sentó en el banco frente al peinador. Contempló la llave en la mano durante unos minutos, intentaba descifrar si encontrarla fue una mera casualidad o alguien la escondió como guardiana de algún secreto. La colocó en el bolsillo trasero de los vaqueros.

No había entrado desde su muerte. Necesitaba un tiempo antes de ser capaz de guardar sus cosas. La cama aún estaba sin tender, testigo de esa última mañana.

Camila se despertó sonriendo. Caminó a la cocina de prisa como solía hacerlo, aun con la enfermedad. Se acercó y se apoyó sobre la barra, suspiró profundo, entonces se desvaneció. Fabiana alcanzó a observar la escena desde la sala. Corrió hacia ella. Realizó compresiones en el pecho mientras solicitaba ayuda; no hubo mucho por hacer. Su corazón se detuvo.

Kelia llamó al hospital, a sus hermanos, al doctor; la ambulancia llegaría pronto. Fabiana continuaba sentada en el suelo acariciando el brazo de la mujer, la mirada fija en el rostro, diciéndole adiós.

Ahora enfrentaba la realidad de haberla perdido. Apartó la sábana del edredón que luego tumbó al suelo. Había un libro, el separador en la página ciento cuarenta y seis de doscientos diecinueve. «Aún te faltaba mucho, no debiste irte aún». Arrojó el libro sobre la ropa de cama tirada en el suelo.

Su vestimenta continuaba sobre el buró, doblada con delicadeza. La acercó al rostro, aún olía a ella. La abrazó con fuerza, en seguida la arrojó junto al bulto de la ropa.

Abrió el cajón para tomar un nuevo juego de sábanas que ajustó con rapidez. Después otro edredón. Imaginó que hacerlo borraría el recuerdo; sin embargo, la inquietud se debía a algo más que a una cama desarreglada.

Cuando el árbol canta. Leyó el título del libro mientras recordaba una de muchas veces que Mili lo mencionó como su preferido. La recopilación de ideas y sentimientos de un niño encerrados entre las palabras hermosas, duras, difíciles e incomprensibles de la historia.

—Habla de quebranto, la pérdida de la inocencia de un

pequeño que nunca podrá ver el mundo como un sitio amigable —le explicó la abuela.

—¿Por qué te gusta? Me parece tétrico.

—No, solo es real. La muerte es obscena, pero a veces la vida lo es más.

Tomó el libro de nuevo y revisó la página... ciento cuarenta y seis. Leyó las palabras subrayadas:

No hay muerte que sea noble. Dormida con una sonrisa en sus labios, como si estuviera de acuerdo: La muerte es obscena, toda muerte es obscena.

Una frase leída y releída. Tantas veces, incluso minutos antes de morir.

Se sentó en la cama, tapó su rostro y respiró profundo para evitar las lágrimas que luchaban por salir.

Sintió una mano rozar su cabello; giró sobresaltada.

—¡Kelia! —gritó al tiempo que colocaba las manos en el pecho—. Por un segundo pensé...

—Ya no está, pero yo sí, siempre a tu lado. Recargó la cabeza en la cintura de Kelia que parada junto a la cama continuó acariciando su pelo mientras lloraba en silencio.

—¿Qué haría sin ti?

La mañana siguiente, Fabi se despertó más tarde que de costumbre. Kelia le indicó que llevaría a la niña al colegio. Analizaba sus siguientes planes. Primero conseguir un empleo. Siempre trabajó con Mili; no tenía idea de cómo hacer algo diferente.

Se levantó con inercia. Revisó el cuarto de baño. En seguida se dirigió a la cocina con lentitud, siguiendo la esencia del café que esperaba por ella.

Incorporó en un recipiente una taza de harina integral y la fécula de maíz, seguida de la nuez, las almendras, la avena molida, y un poco de cocoa. Mezcló con lentitud antes de añadir tres cucharadas de aceite de coco.

El agua que contenía las pasas, el coco y la canela a punto de hervir impregnó la cocina con el aroma de Mili. Casi pudo sentir su presencia. Las gorditas de azúcar que le preparaba desde niña siempre la alegraban.

Quitó el líquido de la lumbre y lo vertió sobre la mezcla mientras con movimientos envolventes fusionaba la masa. Luego colocó el comal en el fuego.

Formó los testales con uniformidad, aplanó las gorditas con el rodillo y las alineó sobre el comal.

—Forma perfecta, Mili, redondas, no tan pequeñas, justo como me enseñaste.

Escuchó el timbre. Bajó la llama y fue a ver quién era.

Sintió la tensión en la mandíbula al ver a Fara del otro lado de la puerta. Le indicó que pasara con un movimiento, antes de cruzar los brazos.

Fabiana siempre admiró la forma como su hermana movía la larga cabellera hacia un lado o al otro, lo que dejaba una fragancia de hierba y flores en el ambiente. Sus ojos pardos y piel trigueña combinaban a la perfección con el castaño rojizo del pelo. Contrario a las pupilas cafés y su cabello rizado y oscuro. El mismo tono de piel, diferentes combinaciones. Los rasgos eran similares pero la figura esbelta y el rostro delgado de Fara le daban un toque de elegancia.

Se miraron por varios segundos sin que ninguna dijera nada.

—La panadería me importa un comino —vociferó mientras giraba la cabellera hacia el lado derecho.

FARA

Creen que volví a la ciudad porque la abuela Cami enfermó. Por supuesto que fue una de las razones principales, pero la decisión de regresar ya estaba en mi mente, la enfermedad solo lo aceleró.

Era una chiquilla cuando mis padres murieron. Al hablar de ellos, cerraba los párpados en un intento por asirme a alguna imagen o algún sonido que me los recordara. No sucedió. Para mí ellos eran seres creados con pedazos de descripciones.

Juntaba los ojos grandes que según Fabi heredamos de mamá, con el rostro regordete que la abuela describía. Luego le agregaba la voz dulce de los recuerdos de Fausto. Al final resultaba una mezcla de imágenes que nada decían.

La abuela Cami es la única madre que recuerdo y su casa es el único sitio en el que tenía certeza de haber vivido. Mi primer recuerdo es un pay de queso y membrillo que devoraba escondida en la alacena con la esperanza de que no me encontraran.

El sabor ácido del membrillo crudo en ese postre se transformaba en un exquisito y dulce manjar; una invitación a no desperdiciar una sola migaja.

Recuerdo los zapatos de la abuela que golpeteaban el piso. A continuación, su rostro sonriendo ante mi travesura.

—Los pays son para la venta. ¿De qué manera pagarás su precio?

—No tengo dinero.

—Bueno, pues entonces, toma esto. —Me dio un pedazo de tela. —Te toca limpiar la vitrina de la derecha, esa será tu obligación diaria. Después podrás tomar el pay que te apetezca, uno nomás.

La última ocasión que limpié esa vitrina tenía doce años. Graciela Avendaño entró, seguida por Diana Silveira y Leonor Arteaga.

Limpiaba las vitrinas sin notar su presencia. Al girar mi rostro vi a Graciela con las manos en la cintura, la sonrisilla ridícula y una ceja levantada, Diana y Leonor sonreían también con los brazos cruzados unos pasos detrás de ella.

—Venimos por los pasteles que ordenó mi mamá. ¿Es que tú nos los darás o eres solo la muchacha de la limpieza?

Aventé el trapo sobre la vitrina para encarar a Graciela. En el colegio, siempre nos molestábamos una a la otra, no era nuevo. Que viniera a hacerlo en mi propia casa, eso superaba los límites.

—Yo les entregaré el pastel. —indicó Fab con una gran sonrisa—. Fara, ¿podrías ir con Mili? Al parecer necesita ayuda.

Sostuve la mirada de Graciela durante unos segundos más, sin que ella dejara de sonreír. Salí de prisa a buscar a la abuela Cami que estaba en la recámara, sentada frente al tocador, haciendo algunos diseños para los postres.

—No volveré a la panadería —le anuncié con la mirada hacia el suelo y los dedos entrelazados.

Puso la pluma sobre el cuaderno y giró para mirarme.

—De acuerdo, pero vas a extrañar los pastelillos y el dinero que ganabas.

—He decidido dejar ese tipo de carbohidratos y tengo suficientes ahorros. No son muchas las cosas que requiero. En realidad, tú solventas mis necesidades.

Se levantó y se acercó hacia mí.

—¿Estás segura?

—Sí.

Me abrazó y acarició mi espalda. Me recargué en su hombro, aliviada al sentir que no estaba molesta conmigo.

—No olvides que puedes volver si lo necesitas.

—No soy como Fab, no me gusta cocinar o decorar panes, o como Fausto que le encanta estar en la caja contando el dinero.

—¿Y qué te agrada hacer? —me dijo al terminar el abrazo para ver mi rostro.

—No lo sé.

—Ojalá pronto lo descubras.

—Lo que sí sé es que espero irme de esta ciudad. Quiero viajar.

—Entiendo. Hay mucha gente que disfruta viajar. Es una forma interesante de escapar de la realidad.

—O de encontrarse a sí mismos.

—En ese caso, deberían empezar por definir en qué momento se perdieron.

Unos años después preparaba mis maletas para irme a estudiar a la capital. Fabiana me ayudó a encontrar un departamento para vivir, cerca de la universidad. Fausto estaba a punto de recibirse como administrador de empresas; mi hermana era ya toda una chef. Yo me decidí por el diseño gráfico, más por inercia que por sentir una vocación real.

Recuerdo el último almuerzo que compartimos antes de que me fuera. Mi hermana se levantó temprano para cocinar algo adecuado. Horneó los paninis y los rellenó de pollo y queso acompañados de una ensalada de repollo con nueces y miel de maple.

Disfruté cada mordida de ese manjar. Supe que pasaría mucho antes de volver a probar alguna delicia que ella preparara. Siendo adolescente, decidí que la comida no iba a definir mi vida; sin embargo, no podía evitar que los olores y los sabores me despertaron recuerdos.

—¿Volverás al terminar tus estudios?

—No lo creo —le respondí tajante.

Se levantó y fue al refrigerador para sacar una tarta de zarzamora.

—Sabes que intento no comer azúcares.

—Lo sé. Anda, tu peso es ideal, una rebanadita al menos. Agrega unos minutos a tus ejercicios diarios.

Sonreí. No perdía la esperanza de seducirme con postres como lo lograba con sus conocidos.

—Sabes cuánto te amo. Desde niña tú has sido para mí un bastión al que podía acudir si estaba perdida, y eso, va a continuar donde sea que estemos las dos. Más allá de espacios o tiempos.

—Eres mi pequeña—me respondió—, y me niego a creer que te irás. Aún con lo diferente que somos, nos une nuestra sangre, pero sobre todo el amor que se forjó a través de los años. Esas pláticas por las noches de cama a cama, esas discusiones que al final terminan en perdones y buenos deseos, ese sostener las manos en nuestras tristezas. Reconocernos una en la otra.

Puso la rebanada en mi mano.

—Pues creo que te amaría si te viera caminando por la calle y fueras lejana a mi familia.

Coloqué la rebanada sobre la mesa, sin intención de probarla. Me levanté y la abracé con fuerza. Ambas supimos que se cerraba un ciclo y que al volvernos a ver, seríamos dos personas distintas. La oportunidad de hacerlo llegó, pero las prisas, la enfermedad, nuestro dolor y el testamento no nos habían permitido reencontrarnos aún.

Ella luchando contra su frustración y yo, enganchada a lo que creí haber dejado atrás, me sentía de nuevo como la chiquilla a la que Graciela cuestionaba. ¿Quién era yo? ¿Un títere en esa panadería?

HERMANAS

El olor a quemado la hizo volver a la realidad después de un largo momento en el que intentó organizar sus pensamientos.

—Vamos a la cocina. Tengo prendida la estufa.

Fabiana corrió, en un intento inútil por evitar que su trabajo se arruinara. Arrugó la boca y tiró la tortilla estropeada.

—Quedó incomible, de todos modos, ya tenía varias hechas y hay masa para preparar más.

—No lo puedo creer. Las gorditas de Cami.

No pudo evitar sentirse como la niña emocionada ante las recetas que la abuela preparaba. Le complacía mirar sus manos mientras les daba forma. Las recordó al girar en direcciones contrarias, al amasar los testales, avanzando y retrocediendo el rodillo, para enseguida tomar la tortilla y ponerla sobre el comal, tal una caricia de aliento.

—¿Recuerdas la etapa en la que dibujaba manos?

—Por supuesto. —Fabiana se tocó la frente al recordar—. Los dibujos están guardados en el clóset. Mili los consideraba un tributo.

—Lo eran. Me alegra saber que lo entendió así, aunque nunca se lo dije.

—Siéntate, el café está listo. ¿Prefieres dulce de leche, condensada, mermelada o así solas comerás las gorditas?

—Creo que será una de cada una. Hace mucho que no he probado algo tan delicioso.

—Si mal no recuerdo, un día optaste por no comerlas más.

—Fue una resolución basada en opiniones venenosas.

—Conforme se va madurando, aprendemos a separar la crítica que edifica de la que intenta destruir.

—Sí, tienes razón.

Sirvió las tazas de café, colocó los platos y los rellenos, mientras, guardaron silencio cada una absorta en los recuerdos.

Fara examinó todo. Vivió ahí muchos años. Conocía detalle a detalle cada rincón, aun así, se sintió ajena. Sin duda era terreno de su hermana.

Revivió imágenes de Fabi años atrás, acercándose a ella, que era una adolescente confundida, sentada en el piso, recargada en la pared del pasillo.

—¿Por qué lloras?

— Espero irme de aquí. Lo haré tan pronto pueda.

—Si eso es lo que deseas, será bueno, aunque si lo que pretendes es huir, sería un error, primero tienes que resolver tus problemas internos.

—Tú no lo entiendes, eres perfecta, encajas. Te sientes libre.

Fabiana se sentó en el piso a su lado, mientras tomaba su mano.

—¿Qué te aprisiona?

—¡No lo sé! —gritó.

—A dónde vayas encontrarás muchas *Gracielas*. También llevarás tus conflictos. —indicó su hermana con voz queda.

—No se trata de ella —respondió con calma.

—¿No?

Se levantó de forma brusca, se frotó el rostro y caminó a la recámara. No quería hablar de ello. Solo deseaba desaparecer.

Intentó recordar la fricción que tuvo con Graciela; no pudo. Entonces lo consideró fundamental como para querer huir, y ahora ni siquiera podía recrearla. Graciela ya no importaba; sin embargo, se convirtió en un todo que determinó muchas de sus decisiones.

—Al irme de esta casa, pensé que no volvería. Quiero decir, no para quedarme —le indicó a su hermana al retornar a esa mesa de bienvenida.

—Mili estaba segura de que lo harías.

—Son deliciosas, más de lo que recordaba.

Fabi esbozó una sonrisa. Dio un sorbo al café y parpadeó al suspirar. En verdad, ella hubiera estado feliz de escucharla.

—Nos amaba mucho. A cada uno de manera distinta.

—Tal vez el último intento por amarrarme haya sido esa cláusula que no permite vender, ni ceder mi parte.

Fabi negó con la cabeza mientras masticaba un bocado.

—Ella no era de atar a las personas; siempre me sentí contenta a su lado.

—Ni en mis más locas ideas te imaginé alejada de la panadería. De haber sido tú, créeme que hubiera roto más de una vitrina.

—En cuanto a eso yo...

—No necesitas disculparte. Te conozco. Lo malo fue la lesión de Fausto, que por fortuna no pasó a mayores.

—No estoy molesta con ustedes, ni siquiera con Mili. Solo me gustaría entender sus razones.

—Bueno, al regresar le conté un detalle de mi vida, que pienso que pudo tener algún efecto en ella. —Giró la cabellera a un lado.

Ambas sintieron la prisa de sus latidos. Fara jugueteó con la cuchara y el café mientras su hermana la miraba impaciente.

—Anda, mujer. Dilo, que me tienes en ascuas.

Suspiró con lentitud. Dejó la cuchara sobre la barra. Al instante giró el cabello al lado contrario.

—Estoy embarazada.

MARCIAL

Faltaba una hora para mi vuelo de Bogotá a Lima. Pasé dos meses en Colombia, atestiguando los problemas. Siempre intento informar de la manera más objetiva y certera posible, pero no soy yo quien decide lo que se publicará. Después de todo, esto es un negocio.

Para entonces la noticia estaba en Perú. Aunque la situación no había mejorado en Colombia, se perdió el interés. Mi vida ha sido así desde el inicio de mi carrera. A pesar de que me puedan contrariar algunas decisiones, no he llegado al punto en que lo abandone y resuelva comenzar una rutina diferente.

Mi plan es seguir viajando y conociendo la noticia desde dentro. Más tarde, si lo decido, o el cuerpo me exige calma, escribiré el libro que planeo en el que contaré lo que he observado a través de los años.

Deseaba que mi madre estuviera conmigo en ese período de calma. Pasar los últimos años juntos, contándole tantas cosas que omití para no alargar las llamadas o videoconferencias que teníamos.

La noticia de su muerte me sorprendió. Los chicos supieron de la enfermedad unos meses antes; sin embargo, mamá consideró que no era justo que dejara mi mundo por ella. Lo hubiera hecho sin dudar. Las noticias están en cualquier sitio y a cualquier hora, no me iban a esperar por supuesto, ya llegarían otras, interesantes también.

Volé desde Chile para el funeral. Estuve en casa unos días más, antes de regresar.

Gregoria ha crecido mucho, aun así, me pareció frágil. Mamá era quien le dio la seguridad que yo no estaba en condiciones de ofrecerle. Para todos yo era su padre, desobligado y ausente. Ella merecía uno mejor.

Decir que era mi hija fue idea de mamá. De serlo en realidad, no creo que hubiera cambiado la dinámica de mi vida. Desde joven supe lo qué quería y en mis planes nunca estuvieron el matrimonio o los hijos. Lo único sensato que fue dejarla a Gregoria a su cuidado.

Fabiana se acercó a mí la mañana siguiente al funeral. Deseaba hablar de la niña y su futuro.

—Tío, necesito saber qué has pensado sobre Goyi. —me indicó a la par que se sentaba en la silla de la oficina de mi madre. Me pareció que ella revivía. Fabiana era su imagen, no física, más bien como si hubiera invadido sus pensamientos. Nunca me di cuenta de la semejanza, sentí que era mamá a quien escuchaba—. Sé que cualquier cambio será difícil, aunque como padre, supongo que has decidido qué hacer, ¿viajará contigo?

Su rostro no mostró sus deseos. ¿De haber dicho que la llevaría conmigo, hubiera sido un alivio o, por el contrario, le habría causado tristeza? Igual que mamá, dejaba las decisiones a la gente, sin opinar.

—Mi vida es un caos. Estoy en un lugar hoy y en otro mañana. Ese ajetreo no es para una niña.

—Entiendo.

—No creo que lo entiendas. Eso sí, lo esperabas y supongo que has encontrado alguna solución.

—Tú nombraste a Mili como tutora. Ella no está más, me gustaría saber cómo deben quedar los aspectos legales de la niña.

—Tendríamos que hablar con el abogado. Puedo nombrarte a ti o alguno de ustedes como tutores. Considero que lo mejor es otorgarte un poder para los efectos del testamento.

—Hablaré con el licenciado. Le pediré que realice los trámites indispensables. —Bajó la mirada, antes de enfrentar la mía—. Tío, ella es tu hija... Te necesita.

Asentí. ¿Qué le iba a explicar? ¿Que el título de padre que me otorgó mamá me quedaba enorme? Pensé en ser sincero. Sin embargo, no me sentía con fuerza para exponer la cadena de mentiras que se abriría al descubrir esta.

Salí de la oficina sin volver la vista. Podía imaginar su mirada clavada en mi espalda y la idea sobre mí girando en su cabeza. No estaba errada, aunque no fuera un padre de sangre, un papel me comprometía con la niña.

—¿Cómo te sientes? —le dije a la pequeña por la tarde. La vi sentada en el jardín. Se encogió de hombros—. Gregoria, yo...

—Nadie me dice Gregoria.

—¿No te gusta?

Se recargó en la silla y no respondió durante un rato.

—Creo que cuando sea mayor les pediré que me digan Gregoria. Por ahora Goyi me gusta más. —Se levantó y comenzó a saltar con un pie o dos, de acuerdo con el dibujo en el piso. Giró al llegar al final antes de las preguntas difíciles—. ¿Por qué me pusieron así? Digo, tú y mamá. ¿También participó con mi nombre?

—Fue ella quien lo escogió. No tuve nada que ver.

—¿Y cómo murió?

En ese instante, recordé una de las razones por las que no quería acercarme. Responder una pregunta, creaba una nueva, hasta que estar a su lado se convertía en una cadena de dudas y mentiras.

—Si tu madre hubiera podido estar contigo, no se hubiera separado de ti. Eso puedo asegurártelo.

La niña se me quedó mirando con fijeza, me sentía bajo un escrutinio que intentaba desnudar mi alma. Acaso era mi conciencia hablándome quedito o en verdad en sus ojos había un reclamo a mi abandono.

—Princesa...

—No me gusta ser princesa. Fausto me llama guerrera.

—Podrías ser como Leia. Las princesas pueden ser guerreras también.

—¿Quién?

—¡No lo puedo creer!, no me digas que no has visto nunca la película. Eso no puede ser. ¿Tienes pendientes que hacer, princesa guerrera? Porque estoy libre para que veamos la mejor historia que ha existido jamás. Empezarás como lo hice cuando era un poquito mayor que tú, por el cuarto episodio.

El miel de sus ojos cambió a un verde claro con el brillo de su sonrisa que duró toda la película. Hubo un momento en que deseé quedarme ahí y ser en realidad ese padre que Goyi necesitaba.

DECISIONES

—Espera. Necesito un poco de vino. No me digas nada. En serio lo necesito. —Fabiana caminó hacia la pequeña cantina frente al comedor. El vino tinto le refrescó la garganta—. ¿Qué piensas hacer? —preguntó a Fara que la había seguido en silencio.

—Tengo casi cuatro meses.

Bajó la mirada hasta el vientre que no mostraba ningún cambio en su cuerpo, tal vez por el vestido holgado, no había notado hasta ahora.

—¿Y el padre? —bebió el resto del contenido de la copa antes de dejarla sobre el mostrador

Sacudió el cabello y lo acarició mientras se inclinaba, para organizar sus ideas.

—Es complicado. Te resultará difícil entenderme.

Fabiana ocultó la mirada mientras suspiraba.

—¿Qué le contaste a Mili?

—No mucho. Cami era extraordinaria. Diferente a las

personas de su generación. Aun así, lo que está sucediendo en mi vida fuera tan fácil de aceptar.

—¿Cuál es el secreto? A duras penas puedes hacerte cargo de ti misma en todos los sentidos, no creo que sea el momento para que seas madre. —Guardó silencio para reconsiderar sus palabras—. Olvida lo que dije. Es tu decisión, hermosa, lo único que agregaré es que aquí estoy si me necesitas.

—¿Alguna vez te diste cuenta de que tus ideas y las de ella son iguales? ¿No hay nada en lo que estuvieran en desacuerdo? Siempre me ha molestado, ¿sabes?

—¿Qué nuestras ideas concordaran?

—Es que, a veces siento que me gustaría conocerte más allá de ella. Debe haber ideas que se generen en ti sin que antes hayan sido suyas.

—Claro que tengo mis propias ideas. No siempre coincidieron con las de Mili. ¿Se te olvida que, en su opinión, no merezco ser parte de la pastelería?

—Sí, eso fue incoherente.

—Dejemos ese tema por la paz. Lo que necesito es que me digas lo que piensas hacer.

—Siéntate. Si el contarle a medias tuvo que ver con algún cambio en el testamento, de alguna manera me hace sentir que debo explicarte.

—Claro que no. Mili era dueña de todo; la decisión que tomara respecto a su legado era suya. Me dolió mucho; no tiene que ver con ustedes.

—Te lo agradezco. No quiero que haya resentimientos entre nosotras.

—No será así. ¿Qué piensas hacer? ¿Te quedarás aquí criando al pequeño?

—Creo que debería empezar a contarte desde el principio... No... será mejor comenzar por el final... El nene no es mío.

Fabiana entrecerró los ojos; acercó el rostro al de su hermana.

—Perdón. ¿Qué dijiste?

—No es mi óvulo. No es mi hijo.

—Espera —indicó negando con la cabeza—. Es demasiado para mí. ¿Me estás diciendo que te convertiste en una fábrica de bebés, que alquilaste tu libertad?

—Fabi, lo veo diferente. Dos semanas después de haber llegado, me asaltaron; no era demasiado tarde, las once, algo así. Dos adolescentes me amenazaron con una navaja; uno de ellos se me acercó tanto que pude sentir su aliento asqueroso en mi piel. Una mujer que pasaba en carro se detuvo y preguntó qué sucedía. Ellos se asustaron y aproveché para salir corriendo. Me quedé sin teléfono, sin dinero, llena de miedo. No sabía qué hacer. Me senté en la banqueta, temblando.

—¡Dios santo! ¿Por qué no nos contaste? ¿Qué hiciste?

—La mujer del carro me encontró. Esa noche la pasé en

su casa y al siguiente día me ayudó a hacer las diligencias necesarias. Desde el cerrajero hasta el reporte de mis credenciales en la procuraduría, de modo que pude recuperar todo. No encontré motivo para preocuparlos a ustedes, si la situación estaba resuelta.

—No importa. Debiste decirme, hubiera ido a apoyarte.

—Lo sé. Es probable que me hubieras pedido regresar. Me imaginé a la abuela Cami diciendo que era una señal de que lo mío estaba aquí.

—¿Esa mujer es la madre?

—Sí... Ella fue una luz. Al principio viviendo sola me sentía fuera de foco. Los extrañaba mucho. Hubo días en que deseé regresar. Esa noche, sentada como tonta en la banqueta, pensé en caminar hasta la estación de autobuses, llamarte por cobrar desde ahí para que me compraras un boleto. Pero Sonia me ayudó mucho. Fue mi guía a partir de esa noche. Me enseñó a moverme en la ciudad, me presentó a su grupo de amigos que me hicieron sentir bienvenida. No lo hubiera logrado sin ella.

—¿Lo hiciste por compromiso?

—No, por supuesto que no. Es mi amiga, Fabi, casi como una hermana. No sé si me entiendas porque nunca has tenido a alguien tan cercano que no sea de tu sangre. Bueno, sí, Kelia al principio, antes de que se convirtiera en parte de tu familia también. Es un regalo que quise hacerle.

—Tienes razón, no lo comprendo.

Cruzó los brazos, su hermana frunció los labios y bajó la

mirada.

—Después te contaré el resto de la historia—ella asintió—, tengo que irme. Fausto me citó en el local para definir el futuro del negocio.

—Me imagino.

—Lo siento. Si fuera posible, cambiaría las cosas para que pudieras intervenir en esto.

—Lo sé. Cuéntame, ¿cómo vas con la decoración de tu departamento?

—Deberías visitarme, son unos pasos, de esa manera podrás verlo por ti misma.

—Lo haré. Por cierto, si hablan del futuro, será mejor que le digas a Fausto que esas empanadas serán un fracaso.

—Las preparó Julia, una receta de familia, según le contó a Fausto.

—¿Julia? Mili consideraba que era capaz de seguir instrucciones, por eso la contrató. Nunca se ha destacado por ser buena repostera o por su iniciativa.

—¿Cómo supiste de las empanadas?

Se levantó y caminó hacia la cocina.

—De todo se entera una. ¿Giras el pestillo al salir? Te veré después.

Le dio un beso y caminó hacia la recámara. Fara sacudió la cabellera y se dirigió a la salida.

DOLOR

Fausto se estacionó donde siempre, en la placita frente al colegio, cuando el teléfono sonó. Como cada día, llegaba un poco antes de las dos de la tarde. Reconoció el número en la pantalla. Consideró no responder. Al quinto llamado deslizó el dedo sobre el ícono verde y guardó silencio.

—Hola. ¿Fausto? ¿Me escuchas?

«Demasiado»

—Sí.

«¿Y tú? ¿Alguna vez lo haces?»

—Me gustaría verte.

Guardó silencio. También deseaba verla.

—No lo sé, Eirin. Hay muchos pendientes en el trabajo.

—Será un rato, anda. ¿Me dirás que no se te antoja verme? No sé cuándo pueda tener otra oportunidad.

Minutos antes percibía el nulo movimiento en la calle; ahora, el bullicio se apoderó del lugar, para recordarle que estaba ahí, esperando a Goyi. Conversaciones indistinguibles de pequeños uniformados que se mezclaban entre la felicidad de saberse libres.

—Está bien. Mañana a las diez donde siempre.

La piel morena y los ojos miel de Goyi resaltaban con el rojo y marino del uniforme naval. Sonreía e iba charlando, igual que los compañeros, para luego despedirse y caminar hacia la salida de la escuela. Sonrió al ver a Fausto al lado del automóvil, esperándola.

—Hola. Tengo un hambre así de enorme —indicó con un movimiento de las manos—. Me comería lo que sea.

—Hola, mi guerrera.

Caminaron hacia el vehículo. Fausto abrió la portezuela trasera, le ayudó a sentarse y a acomodar la mochila a un lado—. Parece que has hecho muchas cosas que te han cansado.

—Más o menos. El maestro quiere hablar con ustedes de eso. —Le entregó un papel.

—Goyi, ¿qué pasó? —Torció la boca y se encogió de hombros—. Tendré que decirle a Fabiana. ¿Me explico?

—¿No podría ser nuestro secreto?

Se le quedó mirando mientras ella suplicaba con las palmas juntas. Suspiró con intensidad.

—No te prometo mucho. Vendré con el maestro el viernes, dependiendo de lo que me diga, le contaré o no.

—Bueno.

Ambos asintieron con complicidad.

Cerró la puerta y abrió la del conductor. Se sujetó el cinturón de seguridad, luego observó a la pequeña en el asiento trasero. A veces lucía tan vulnerable.

—¿Te dolió igual la muerte de tus padres que la de abue? —Fausto Giró el cuerpo para mirarla antes de responder. A veces las preguntas de los niños no tienen contexto, otras, están cargadas de tristeza y dudas.

—Cuando ellos murieron, era un poco más pequeño que tú. Quería mucho a mis padres, pero estaba acostumbrado a extrañarlos. Debido a su trabajo como músicos, pasaban mucho tiempo fuera de casa. Abue siempre se encargó de nosotros.

—¿Vivían con ella?

—Teóricamente ocupábamos el departamento; en realidad, nos la pasábamos en su casa. Cuando ellos murieron, el único cambio fue llevar nuestras cosas. ¿Me explico?

—Entonces, ¿Te dolió igual?

«¿De qué manera se mide el dolor? ¿Cómo se le aclara a una niña las sensaciones tan distintas que se experimentan ante una pérdida? Sobre todo, si se ha aprendido a no expresarlas», pensó Fausto.

—Tú no lloraste como las muchachas o como yo. ¿Lloraste antes?

—No era capaz de calmarme cuando me dijeron que mis padres se habían ido.

—Eso significa que te dolió más.

—No. Significa que antes era un hombre libre.

LIBRO

Fara llegó a la pastelería antes que su hermano. Los empleados trabajaban con normalidad. Rafael Gámez atendía a un cliente. Se dirigió a la cocina donde vio a Julia Sarabia que sacaba los panes de los hornos. Todo le era tan ajeno. Si hace un año le hubieran dicho que regresaría para ser dueña se hubiera reído por horas.

La oficina era pequeña, apenas para un escritorio y unos archiveros que guardaban los libros de contabilidad. No recordaba los detalles. La última vez que entró era solo una adolescente con prisa por deslindarse de la panadería.

Se sentó frente al área de trabajo. Las imágenes de la abuela escribiendo notas en la agenda o contestando el teléfono inundaron la atmósfera.

—¿Sabes por qué está el escritorio en esta posición? —recordó sus palabras.

—No. Yo lo hubiera puesto tras la ventana para sentir el aire en mi nuca.

Ella asintió.

—Tienes razón, aunque lo prefiero al frente de la ventana para poder ver y escuchar el árbol que está en la banqueta.

—¿Escucharlo? ¿Las hojas que se mueven?

No contestó en seguida, se acercó a la ventana con mucha tristeza en la mirada.

—Me encantaría escucharlo cantar. Recuerdo haber leído que cuando el árbol canta, los muertos regresan para visitar a los vivos.

—Me asustas.

Las carcajadas retumbaron en sus recuerdos.

—Es un libro que leí, cielo y a la vez, una esperanza.

—Hola.

La voz de Fausto la devolvió al presente. Él se quitó la chaqueta y la colgó en el respaldo de la silla. Cada uno ocupaba el lugar que le correspondía.

—¿Cómo sigues del brazo?

Dirigió la mirada al antebrazo como si no recordara la herida.

—No fue nada, el vidrio atinó alguna vénula y por eso tanta sangre, se vio más aparatoso de lo que fue.

—¿Seguro? Mira que como buen hombre testarudo, le vayas a dar menos importancia... —Agitó la cabellera hacia el lado derecho mientras lo miraba retadora.

—No es así, te lo aseguro —le respondió devolviéndole la mirada—. Ha pasado más de una semana desde que se leyó el testamento. Conoces las cláusulas. Tenemos que hacernos cargo de nuestra parte, de lo contrario todo se vende y nadie lo tendrá. ¿Me explico?

—¿Has consultado con algún abogado lo que podemos hacer por Fabi?

—Estamos atados, ni siquiera nos permiten ofrecerle un puesto de trabajo, eso anularía todo.

—Hay veces que quisiera alejarme de esto, sin importar lo que suceda después.

«Compremos el boleto».

—No podemos ser tan irresponsables. Cuando nos pertenezca por completo, podremos tomar medidas. Poner nuestros propios términos. Durante un año debemos cumplir con las indicaciones.

—Te juro que intento entenderla. —Recargó el cuello sobre el respaldo de la silla. Notó las figuras del estuco en el techo, las ondulaciones asimétricas sin ningún orden, igual que las disposiciones del testamento.

«Imposible».

—Yo no. Las cosas como vienen y así tendrán que ser —indicó Fausto al tiempo que tomaba un cuaderno de un estante, lo que ocasionó que tres libros cayeran. Ambos se acercaron a levantarlos—. Por lo pronto tenemos que contratar a alguien que le ayude a Julia, por supuesto, tan eficiente como Fab.

—Yo puedo hacerlo.

Él acomodó dos de los libros para evitar responder.

—No crees que sea capaz de hacerlo, ¿o sí?

—Yo...

—Puedo aprender. No me interesa tener a nadie más haciendo lo que le corresponde a mi hermana.

—Está bien. Haremos la prueba. Si te arrepientes o comprobamos que no funciona, tendremos que volver a la idea original. ¿Me explico?

—De acuerdo.

Fara revisó el ejemplar que recogió, *Cuando el árbol canta*. «Necesitas dinero, necesitas ayuda financiera», la frase subrayada en la página ciento noventa y seis donde estaba el separador.

—¿Puedo quedármelo?

Frunció el ceño, extrañado de que su hermana menor se interesara en alguna lectura que no fuera una revista de moda.

—Adelante. Los que debo leer se encuentran en este archivero y no te parecerán interesantes.

Continuaron hablando por más de una hora sobre los cambios que deberían hacer. Ideas de Fausto, las de ella eran más bien con respecto a la fachada y la pintura.

—Creo que es hora de irme. Me llevarán unos muebles por la tarde.

—Es cierto. ¿Qué tal va el arreglo de tu departamento?

—Excelente. De hecho, estoy planeando una cena para inaugurarlo. Sería fantástico que estemos los tres juntos, Kelia y Goyi también, por supuesto.

—¿Fabiana y yo en un mismo lugar? —Fausto levantó una ceja al preguntar.

—Por favor, considero que es la oportunidad para limar asperezas. Entre más pase, más difícil será que podamos resolver los conflictos.

—¿Estás segura?

Fara suspiró.

PERFUME

Kelia salió con los chicos del taller de joyería. Formaron una pandilla. Algunas veces, tenían un invitado, pero casi siempre, se reunía justo el grupo; eclécticos casi en todo: edades, gustos musicales, películas, etcétera; unidos, sin embargo, por su gran amor por la orfebrería. Pasaban horas enteras hablando de diseño, por eso la mayoría de las veces preferían reunirse ellos y su mundo de piedras y metales.

Fabiana aprovechó su ausencia para atravesar el pasaje de nuevo. Caminó con lentitud. Cada movimiento, cada respiración en ese lugar secreto le recordaba a Mili. Fueron muchas las ocasiones que lo cruzaron cuando era una niña. De adolescente le divertía hacerlo para despistar a sus hermanos.

Cruzó la puerta. Todo se veía tal cual la había dejado. Al parecer Fausto no pensaba cambiar los muebles

Se dirigió a la tienda. Abrió la puerta del refrigerador de exhibición principal. Los pasteles eran lindos —no tan bellos como los que ella decoraba; podrían considerarse aceptables—, y las galletas finas eran suaves en el paladar.

Regresó hacia la cocina. Torció los labios. Algunas cosas estaban desordenadas. Las organizó, de la misma manera de siempre; Mili y ella jamás se retiraban sin haber preparado las cosas para el día siguiente.

En el refrigerador encontró un mostachón fragmentado en varias partes. Algún accidente con seguridad. Su amor por la repostería no le permitiría pasar de largo sin solucionar lo que pudiera.

—Debería soltar las cosas, tal como me lo aconseja Kelia ... No puedo, Mili. Es como dejarte ir.

«El problema no son los inconvenientes, de esos siempre hay; el punto es encontrar el remedio.» La sabiduría de Mili en cada uno de sus pensamientos.

Sacó el pastel y lo colocó sobre la mesa de trabajo. Lo observó con mucho cuidado mientras se mordía el labio inferior. Luego puso manos a la obra.

Primero blanqueó las yemas con el azúcar. Agregó el queso mascarpone poco a poco, lo mezcló hasta hacerlo cremoso. Igual batió las claras a punto de nieve y las incorporó despacio.

Quitó el decorado del pastel, cortó pequeños rectángulos y los sumergió en licor de café. Los puso en el refractario, los bañó con la mezcla mascarpone, A continuación, los roció con cacao. Después otra capa, café, el resto de la crema. Con la espátula niveló la mezcla para así regresarlo al refrigerador.

Por último, limpió y puso cada utensilio e ingrediente en su lugar. Observó al mostachón convertido en tiramisú. Suspiró con lentitud. Supo que hacerlo fue un error. Una cosa era cambiar algo en mal estado por un producto similar, y otra, era transformarlo por completo. Por fuerza lo notarían, incluso Julia, que era una despistada.

«Debería parar antes que las cosas se compliquen más.», pensó

Un gesto de satisfacción apareció en su semblante. Antes de salir, roció las paredes de los estantes con el perfume de la abuela.

CAJA

Fara vio a Gregoria que jugaba en el jardín dominando el balón; los rayos del sol se reflejaban en el cabello castaño rojizo. Por un segundo le pareció una joven versión de sí misma, o de un universo alterno, donde ella jugara con una pelota de futbol de forma magistral.

Se quitó el mandil para acercarse a la chiquilla. Llevaba el pelo recogido hasta la nuca y la cascada le caía con suavidad enmarcando el rostro.

—Eres talentosa.

—Gracias. —Sonrió sin dejar caer el balón. —Intento romper mi propio récord.

—¿Juegas en algún equipo de futbol soccer?

Tomó el balón y se sentó en la fuente. Entrecerró los ojos a causa del sol para mirarla a la cara al responder.

—No me quieren en el de los hombres y el de las mujeres no es bueno. No es su culpa, nadie las toma en cuenta.

—Yo creo que les faltas tú. No hablo solo de integrarse al equipo, sino lograr que les pongan más atención.

La pequeña encogió los hombros.

Colocó el cabello despeinado de Goyi tras las orejas. La niña giró la pelota entre los dedos índices. Había crecido mucho en estos tres años, tanto de forma física como emocional.

—No habíamos tenido la oportunidad de platicar desde mi regreso. ¿Un vaso de limonada en mi departamento?

—Bueno.

La niña abandonó la pelota a un lado de la fuente, corrió de prisa hasta la entrada donde esperó a la joven que caminaba despacio para, juntas, entrar en el departamento.

—¡Órale! La última vez que estuve aquí no tenías más que una silla y la cama en tu cuarto. —Se sentó en el sofá; dio pequeños brinquitos para probar lo mullido. Abrazó un cojín y lo acercó a la mejilla. —Está suavecito.

—Extrañaba tu alegría... Lávate las manos, luego siéntate acá para que tomes tu limonada. —le señaló la silla de la barra.

—¿Te vas a quedar para siempre? —Indagó después de tomar un gran sorbo de la bebida.

—No lo sé. Estoy en una etapa en la que no tengo idea de lo que pasará con mi vida.

—¿Eres tú y abue? —Se dirigió hacia una fotografía que colgaba en una pared del pasillo.

—Sí. Somos parecidas. ¿No crees?

Los ojos de la niña se iluminaron. Se acercó al cuadro y tocó el vidrio que protegía la foto.

—La extrañas mucho.

Ella asintió, volvió a sentarse y bebió otro trago de limonada.

—Pues sí. —lo dijo en un suspiro.

Guardaron silencio por unos minutos antes de que Goyi se levantara de nuevo. Caminó hacia la recámara.

—¿Puedo entrar?

—Por favor —le indicó sonriendo.

—Hay una caja en la pared del clóset. ¿Lo sabías?

Fara se levantó sorprendida y la siguió a la habitación.

—¿De qué hablas?

—De cuando vinimos la abuela y yo. Guardó unos documentos ahí.

—¿Dónde?

—Mira.

La pequeña movió los ganchos con ropa en el clóset para abrir el camino hacia el muro lateral. Dio un golpecito a la altura de la cabeza y se separó una madera que dejó a la vista una caja de seguridad. Jaló la cerradura, era imposible abrirla.

El corazón de Fara latió de prisa. Un pequeño mareo la obligó a sentarse en la cama.

—¿Estás bien?

—Sí. No te preocupes. Es la sorpresa. ¿Podrías traerme mi limonada? La puse sobre la barra. No corras; no quiero que te caigas con el vaso en la mano.

Fara se quedó mirando la caja de seguridad. Este departamento, a pesar de que en teoría le pertenecía a Marcial, no había sido habitado. Al menos no desde que ella tenía memoria.

—¿Recuerdas lo que te dijo cuando vinieron a guardar cosas? —la interrogó tan pronto llegó con la bebida—. ¿Te indicó alguna manera de abrirla?

—Ya estaba enferma entonces. Me pidió que la acompañara para ayudarla. Traía unas bolsitas en la mano. Recuerdo que le dije que, si la ayudaba con eso, no quiso. Después llegamos aquí y me pidió que golpeara la pared a la altura de mi cabeza. Justo como ahora. Así, se acercó y marcó unos números y, se abrió.

—¿Y te dijo los números?

—No. Eran seis. De eso sí estoy segura porque cerró la caja. Dijo que había olvidado algo. Marcó los números de nuevo y conté seis. Sacó un papel. Nos regresamos después de eso.

—Bien.

—¡Uy! Tengo que arreglarme para mi clase de guitarra. Kelia debe andar buscándome por todos lados.

—Anda, ve. No me culpes si te regañan.

La niña salió corriendo, aunque regresó de inmediato.

—Recordé que dijo algo raro. «Mi tesoro más grande guarda el secreto de otros tesoros». Me pidió que no lo olvidara.

Fara asintió.

RAZONES

Kelia y Goyi decidieron ver una película. Era el punto exacto para escabullirse al local. Se había dicho con firmeza que no lo volvería a hacer. Las cosas iban mejorando en cuanto al manejo y era riesgoso que la descubrieran. Fausto y ella aún no encontraban el cauce para volver a ser los hermanos que siempre habían sido y, lo que menos deseaba era que los roces llegaran a un punto sin retorno.

Estar en la panadería era su adicción. Desde niña ese se convirtió en su sitio favorito. Un refugio donde se sentía segura, junto a Mili. Ahora había perdido a los dos.

Se sentó en el suelo del pasadizo a pensar. Podía regresar, sentarse con las chicas a disfrutar la película juntas; vivir sin ese embrollo.

Sin embargo, aún no estaba dispuesta a aceptar lo que no entendía. Las lágrimas la cegaron. No era capaz de admitir que Mili actuó sin considerar su dolor. Necesitaba entender esa decisión. Solo eso podría ser un consuelo, saber que hubo una razón, equivocada o no, un detalle que le dijera que pensó en sus sentimientos antes de hacer nada.

Cubrió su rostro con las manos y se dejó llevar por sus emociones. Permitió que encontraran una salida a través de la humedad. Le supo amarga y la reconfortó a la vez.

Fueron largos minutos que se entregó a la libertad de sentir. Sin nadie a su lado intentando consolarla. Sin que juzgaran la mezcla de sentimientos que no confesaba ni a ella misma. ¿Cómo podía sentir tanta nostalgia y tanta rabia por alguien que amaba? Le hubiera gustado que estuviera a su lado. Enfrentarla. Decirle cuánto la había herido, que jamás hubiera esperado que ella le provocara tanto dolor.

—¡Ya no estás aquí! No me queda más que gritar en esta oscuridad, pensar que me escuchas, que no estás dormida. Consolarme con la idea de que te arrepientes al menos de lo que me hiciste.

La sal de sus lágrimas recorría la piel, desinfectaba sus heridas, las del alma; dejaban su rabia y frustración en libertad de dirigirse a la persona correcta, aunque ya no estuviera a su lado.

Minutos después se sintió un poco aliviada. Seguiría cruzando el pasaje, mientras le fuera posible. Era una forma de anarquía, de rebelarse ante lo que juzgaba injusto. Respiró profundo, se levantó y dirigió sus pasos hacia el local.

—Si hay que preparar más tiramisú o reparar un mal producto, lo haré sin dudar.

Solo ella y Mili lo sabrían. Continuaba siendo un secreto entre las dos.

EIRIN

Fausto miró la hora en el celular; pasaban de las diez. Se acomodó en el sofá con los ojos cerrados y las manos detrás de la cabeza.

Recordó la promesa que se hizo de no verla de nuevo. El juego de los secretos lo cansó. Aparte de su nombre, su cuerpo, su olor, no conocía nada de Eirin. Aunque él deseaba contarle cada detalle de su vida, ella no se lo permitía.

—Mientras menos sepamos, más durará el interés. Estar aquí, ahora, es lo que necesitamos.

Ella siempre lo subrayaba como una ley aprendida. Sin compromisos, sin ataduras; con cansancio, sin voz. Así se sentía a su lado. Sin alguien a quien recurrir cuando te sientes abrumado.

Volvió a ver la hora. Pasaron dos minutos. Tal vez por primera ocasión, no acudiría a su llamado... Si es que decidía no asistir a la cita.

Recordó a la abuela. Su dignidad, su fortaleza para educarlos. Libres, enérgicos, capaces de hacerle frente al mundo de ser necesario. Ahí estaba él, sin poder enfrentar el desapego de una pareja. ¿Cuál era el límite de un hombre que desea ofrecer respeto a una mujer sin dejar de dárselo a sí mismo? ¿Cuál, el punto para no ir en contra de lo aprendido y ser feliz sin sentir que fallaba a lo que ella le enseñó?

Siempre se sintió diferente. Ella lo orientó para no seguir normas que minimizan a las personas. Puso en sus hombros la responsabilidad de desandar el camino dictado por las costumbres ancestrales. No obstante, ¿hasta dónde debía cumplir con las exigencias y presiones de los amigos? ¿Cuál era la división entre ser honestos y traicionar los cambios?

Lo que Eirin le ofrecía no era satisfactorio. Lo lógico hubiera sido alejarse; en realidad, lo que esperaba era que ella cambiara. El peor error que se puede cometer en una relación. La batalla entre el ego, la razón y los sentimientos es interminable.

Se levantó del sillón apresurado, Se colocó el saco y salió. Abordaría un taxi. Por la mañana, le pediría a ella que lo llevara de regreso; al menos de esa forma iba a conocer dónde vivía.

Dejó pasar tres taxis. De nuevo la duda. Lo mejor sería no aparecer. Ella entendería que ya no estaba dispuesto a aceptar nada que no concretara la relación.

Caminó con lentitud. Sus pasos lo llevaron de forma mecánica a la pastelería. Desde afuera, notó que la luz de la cocina estaba encendida. Se quedó pasmado sin saber cómo actuar. Pensó en llamar a la policía, aunque era posible que su hermana

Fara hubiera decidido probar nuevas recetas. Sacó las llaves y abrió la puerta trasera sin hacer el menor ruido. Caminó despacio para evitar tropezar a causa de la oscuridad. Se acercó con lentitud a la cocina. Escondido tras un muro. No quería hacerla sentir que estaba entrometiéndose o que no confiaba en lo que pudiera aportar.

Y así la vio...

Fabiana arreglaba los estantes tirando lo que no servía mientras iba sacando ingredientes para reponer lo desechado. Usaba uno de los mandiles con el logo.

De golpe entendió lo que estuvo sucediendo las últimas semanas. Julia encontró pasteles que no había preparado, o errores corregidos; como el mostachón que rompió. Él llegó a pensar que le jugaba alguna broma. Fausto prefirió no darles demasiada importancia a esos descubrimientos, en parte porque le hubiera fascinado saber que Fara comenzó sus labores en secreto. Además, prefería no escuchar a Julia hablar del fantasma de la abuela visitando el local y esparciendo su aroma.

Nunca imaginó que era ella quien tuviera que ver con esto. La observó concentrada en su labor. Amaba tanto ese oficio que los ayudaba desde el anonimato.

Lo más intrigante era saber cómo había entrado. Las cerraduras se cambiaron después del incidente de las vitrinas rotas. Podía ser que Fara fuera su cómplice. Consideró necesario averiguar un poco más antes de decidir qué hacer. Salió despacio, en silencio.

Aún no era tan tarde para visitar a su hermana. Escribió un mensaje con una disculpa escueta para Eirin; después, apagó el teléfono.

Kelia atendió a la puerta. Lo recibió con la sonrisa habitual. Goyi y ella comían palomitas, sentadas frente a la pantalla. Preguntó por su hermana, fingiendo desconocer dónde estaba; ahora bien, el sorprendido fue él con la respuesta.

—Me parece que está en la recámara. Hace rato que no la veo. ¿Me creerás que con frecuencia se me pierde en la casa?

—¿En serio?

—Sí. Iré a buscarla a la habitación. Siéntate. Goyi está viendo una película de la saga que inició con Marcial.

—¡Vaya! también soy un fan.

—¿En serio? Ven, come palomitas. Ya mero logran su objetivo.

Debatíamos acerca de la película, cuando volvió Kelia.

—No está por ningún lado. Lo último que me falta buscar es en el patio.

—No te preocupes. Ven, ya mero llegamos al final. Si anda perdida dentro de la casa, tendrá que aparecer, ¿no te parece

Encogió los hombros y aceptó continuar viendo la historia. Fausto podía notar su intranquilidad al ver el reloj y mirar hacia la puerta.

Justo en los créditos, Fabi caminaba por el pasillo y no por el patio, como ambos lo imaginaron. Fausto la vio. Kelia le explicaba el final de la película a la niña. Caminaba con rapidez, aunque al verlos se frenó sorprendida.

—¿Andabas en el patio? —la cuestionó Kelia.

—Así es. No sabía que estabas aquí. —Fausto entrecerró los ojos ante la respuesta.

—Te esperábamos mientras terminaba la película. Por lo que veo disfrutas mucho estar entre las plantas.

—Yo tengo sueño. Me iré a dormir. —interrumpió Goyi.

—No olvides lavarte los dientes... Creo que será mejor que la acompañe. —Fabi asintió.

—¿Necesitas algo, Fausto?

—En realidad no. —Se sentó y frunció el ceño. Ella continuó parada.

Observó la ropa de su hermana. Usaba una blusa de manga larga, impecable, aunque era posible que se hubiera limpiado antes. Los zapatos, no obstante, tenían algunas manchas de masa. Lo que podría explicar con su rutina de preparar alimentos a todas horas.

Después del silencio incómodo tras el escrutinio, ella se encaminó hacia la cocina.

—Debo terminar algunas cosas. Acompáñame mientras te decides a explicarme tu visita tan inusual.

—¿Dónde estabas? Kelia te buscó por todos lados.

—Siempre nos sucede. La casa tiene demasiadas puertas. Estoy en un espacio y no me encuentra, luego me muevo y es el cuento de nunca acabar.

—¡Qué raro, es como si desaparecieras tras una puerta mágica, ¿no crees?

Fabiana giró hacia él. Lo observó unos segundos antes de responder.

—¿A qué se debe esta visita?

—Perdón. No pensé que te molestara mi presencia.

—No digas tonterías. Es que no acostumbras a venir a esta hora.

—No lo sé. Tenía una cita, ¿sabes? Iba hacia allá y de repente decidí venir.

—Siéntate. Encenderé la cafetera; preparé unas galletas de mazapán irresistibles. Prueba una.

—¡Vaya! Sí que están deliciosas, suaves, se deshacen en la boca.

—Excelente. Come más. Mientras, cuéntame de tu cita.

CITA

El quinto timbre de la llamada lo hizo dudar. Levantó el teléfono, leyó el nombre de Eirin y quitó el sonido. Aún no estaba preparado para enfrentarla.

Por primera vez, Fara estaría sola en el establecimiento. Fausto no era su intención desanimarla mostrando dudas, no de su capacidad, sino de la falta de experiencia. A ella nunca pareció interesarle lo que tuviera que ver con la pastelería. Tenía la esperanza que su ausencia le diera a entender que la apoyaba en la decisión de aprender.

Aunque las razones que tuvo para organizar las cosas como lo hizo aún no las entendía, si una de ellas fue acercarlo a Fara, lo logró.

De la misma manera, estaba seguro de que existía una razón para alejar a Fabiana. No iba a permitir que esa situación los separara.

El profesor de Goyi había agendado la cita con la directora el viernes a las once de la mañana. Tal como lo había prometido,

Fausto no le dijo nada a su hermana hasta saber con exactitud cuál era la razón de la llamada.

Subió la escalinata de la entrada del colegio y se encaminó a la oficina. La secretaria le informó que la directora lo estaba esperando. En la puerta había un letrero: *Licenciada Marina Ontiveros.*

—Pase —le indicó una voz grave.

Se encontró con una mujer agradable, demasiado joven para el puesto, o al menos así lo juzgó él.

—Buenos días. Mi nombre es Fausto Alvarado. Tenemos una cita por cuestiones a tratar acerca de la niña Gregoria Casavantes.

—Disculpe. No recuerdo haberlo visto antes por acá —le dijo, le estrechó la mano y le indicó que se sentara.

—Mi abuela solía hacerlo. ¿Usted sabe que ella...? —Se aclaró la garganta

—Sí. Estoy enterada. Lamento mucho su pérdida. Esa es una de las razones por las que les he mandado llamar. Pensé que asistiría la señorita Fabiana. ¿Ella es su hermana?

—Así es.

—Siéntese, por favor. Me alegra que sea usted quien haya venido... Llamaré al maestro para que se una a la reunión.

La mujer salió de la oficina y le dio indicaciones a la secretaria. Tan pronto como el maestro llegó le expusieron los hechos.

—Gregoria es una niña inteligente y sensible —indicó el profesor Acosta—. Una niña madura para su edad... demasiado, si me permite decirlo.

—Ella ha sufrido muchas pérdidas. Leyendo el expediente, comprendo su manera de actuar —indicó la licenciada Ontiveros.

—¿Su manera de actuar?

—Así es. Como le he explicado, el comportamiento no corresponde a su edad. En esta etapa debería pensar en divertirse, en jugar con los compañeros. Por el contrario, desde la muerte de su abuela, es como si quisiera convertirse en adulta. Por otro lado, el maestro ha notado en ella una ira contenida.

—¿Molesta a otros niños?

—No. Por supuesto que no... ¿Cómo podría explicarlo?

—Contra ella misma —especuló Fausto.

Ambos asintieron.

—Le enoja si la corrijo, rompe las hojas si no le satisface la tarea realizada. En fin, situaciones que han encendido los focos rojos. No ha sido grosera conmigo, no podemos decir eso. Ni molesta a los alumnos, por el contrario, se aleja de ellos. Solía convivir con un grupo de niños y niñas, era cercana a Dafne. Sin embargo, ahora los evita. Si está con ellos, se le ve ajena a la conversación o a las bromas. En clase está distraída mirando la puerta, como si deseara huir.

Fausto observó sus dedos. El índice nunca se le volvió a alinear después de la fractura.

Los recuerdos de la infancia, la nostalgia. Las noches de soledad extrañando a su madre se le enredaban en la mente con las palabras de la directora y el profesor de Goyi.

Habían pasado seis meses de la muerte de sus padres cuando comenzó a echarlos de menos. Estaba acostumbrado a las ausencias debido al trabajo. Sin embargo, nunca habían sido tan largas. No fue hasta entonces, que a su corta edad razonó que no volvería a verlos. Ese enorme vacío se le alojó en el pecho y lo ahogaba.

Recordó el dolor al golpear la pared de la recámara. Era tan intenso, que logró mitigar sus sentimientos. Ese dolor físico disminuyó cualquier otra sensación que lo lastimara.

Fabiana lo recriminó, Fara abrió sus pupilas curiosas; Camila por otro lado, lo miraba con esa sabiduría que tienen las almas que han vivido cientos de vidas.

—Cuida a tu hermanita, Fabi. Lo llevaré al hospital. De seguro tardaremos, lo más seguro es que le hagan radiografías y otros estudios. En una media hora cenan algún pay con leche y se acuestan juntas.

—¿Puedo ir con ustedes?

—Tu hermano te necesita y serías de gran ayuda, pero Fara también necesita que la cuides.

Fabiana torció la boca y asintió.

Subieron al auto en silencio. Fausto movía los dedos de manera intencional, disfrutando cada punzada que alejaba la mente de las ausencias.

—No lo muevas, cielo. Debes mantenerte inmóvil o te vas a lastimar más.

El dolor era horrible, de cualquier manera, el vacío de la pérdida era peor. Hubiera querido explicar por qué lo hizo, pero ni él mismo lo entendía. Ella sí. Unas cuadras antes de llegar al hospital, estacionó el auto y, sin mirarlo de frente, le dijo:

—Cariño. Lamento mucho que ellos ya no estén aquí. Yo también siento ganas de quemar todo, de destruir mil cosas, de reclamarle a la vida lo que me ha arrebatado. ¿Sabes por qué no lo hago?

—No —murmuró Fausto cabizbajo.

—Porque los tengo a ustedes. Debo ser fuerte. Desde pequeña aprendí a vivir con lo que me falta. Aceptar las cosas que están más allá de mi entendimiento. Además, debo agradecerle a la vida que están aquí y que poseo la fuerza suficiente para enfrentar cualquier dolor por ustedes.

Después de un largo silencio, El niño preguntó:

—¿Qué pasaría si tú también te vas?

Ella suspiró antes de responder.

—Lo que puedo prometer es que cuidaré mi salud; anhelo disfrutar con ustedes todo lo que sea posible. Además, están el tío

Marcial y el hermano de tu padre, que, aunque no los ven con frecuencia, también los aman.

Fausto volteó hacia la calle.

La sensación de vacío continuaba ahí, a pesar de sus palabras.

—Lo único cierto en la vida es el ahora, cariño. Deja de enloquecer pensando en el futuro. Abraza ese pasado hermoso con tus padres, guarda los recuerdos y no olvides cuánto te amaban. ¿Qué te parece vivir día a día? Disfrutemos estar juntos mientras lo permita el destino. En el futuro mis recuerdos y el amor que les tuve se quedarán para siempre con ustedes. No vuelvas a lastimarte. Eso no lo va a resolver. Date la oportunidad de llorar, de estar triste o enojado. Luego busca una nueva emoción, la alegría, busca la esperanza y empápate de eso. Aquí estamos tus hermanos, los tíos y yo.

En un movimiento rápido, Fausto se abrazó a la mujer y lloró por largo rato, mientras ella en silencio acompañaba su tristeza.

No volvió a lastimarse. La rabia poco a poco se transformó en nostalgia. Esa nunca lo abandonó, pero le dio la paz que necesitaba para continuar su camino.

Las palabras de la directora se perdieron entre los recuerdos. Hablaba de depresiones, agresividad, e hipermadurez. Él lo traducía al dolor e inseguridad que una niña en esa situación experimenta.

—Lo que recomendamos en estos casos, es que ustedes nos otorguen el permiso para que la licenciada Martínez, la psicóloga de la escuela, comience una terapia semanal con Gregoria. Por supuesto si ustedes tienen otro profesional que les pueda otorgar el servicio, creo que es una buena opción. La decisión es suya.

Ambos continuaron comentando detalles del comportamiento de la niña. Fausto no entendía los términos que ellos usaban. A la vez comprendía todo. Igual que la abuela aquella vez, vivió en carne propia lo que pasaba en el interior de la pequeña.

—Debo hablar con mis hermanas. Pienso que estaremos de acuerdo. Lo haré mañana y el lunes le tendremos la respuesta.

—Correcto. Seguimos en contacto, entonces.

Estrechó la mano de la directora y el profesor en tanto que una fotografía en la pared le llamó la atención.

—¿Es usted, licenciada?

—Así es, junto a mi hermana y mi sobrina.

PUERTA

—¡Tenemos un problema!

Julia Sarabia corría hacia la oficina donde Fara estaba revisando unos documentos. Sus ojos desorbitados le indicaron que el asunto era grave. Ella giró la cabellera a su vez, respiró profundo.

—¡Por Dios, mujer! ¿Qué sucede?

—El horno. No prende. Ya checamos gas, perillas, tuberías.

—¿Y qué hacen en estos casos?

Se encogió de hombros con un gesto gracioso.

—No había pasado, al menos no, desde que trabajo aquí.

—Iré a revisar. Debo terminar con un pendiente y en seguida veremos qué hacer.

—Tenemos varias entregas y...

—Ok, ok. En seguida iré.

Julia frunció el ceño y se fue despacio, mientras Fara fingió volver a la lectura del documento de contabilidad que hacía rato luchaba por interpretar. No tenía idea de cómo proceder. Si hubiera corrido hacia el horno hubiera tenido el mismo efecto que ella leyendo papeles incomprensibles.

Pensó en llamar a Fausto, pero iba a estar ocupado y no vendría. «Excelente oportunidad para desaparecer», pensó. «Justo hoy».

Sacudió la cabeza intentando disipar las sospechas. Él le dijo que era una buena idea darle espacio. Cualquier cosa que eso significara.

—Te necesito, Cami. No debiste irte aún. No sé qué hacer.

Sintió un vacío en el estómago y una falta de aire que la obligaron a sentarse. Giró la silla despacio. Confiaba en que algo en la oficina pudiera indicarle lo que debía hacer.

¡La agenda?! Sí. Ahí encontraría el teléfono del técnico de confianza. Cami guardaba los números en una libretita de esas. Nunca confió en el celular por completo. Además, disfrutaba escribirlos y memorizarlos. Conseguía una nueva agenda cada año, por lo que no tenía idea del color o de la forma de la última, pero tenía la seguridad de que estaría por ahí.

Inició la búsqueda. Ella no desechaba las antiguas, ya encontraría una por ahí. Revisó todo el estante.

Esa exploración le sirvió para descubrir el orden. Los libros estaban acomodados por tamaños. Los más grandes en el espacio superior y los más pequeños en el inferior. Comenzó desde abajo. La agenda estaba en el segundo piso. Era azul turquesa. Abrió la parte de los teléfonos y observó la hermosa letra de la abuela con los nombres de los técnicos de confianza.

Llamó al primer experto en estufas. Sabía que no los acomodaba por orden alfabético sino priorizando los mejores calificados en su propio ranking. Una combinación entre precio, servicio y buena vibra.

Ni el primero, ni el segundo atendieron la llamada. Fue hasta el tercero que tuvo suerte. Estaría ahí en una hora para revisar la estufa.

Enseguida estudió los pedidos de la semana. Julia exageró. La mayoría de los grandes encargos eran para el día siguiente. Los urgentes, podían realizarse en el horno más pequeño. Recordó lo que Fabi dijo de la chica, acerca de su falta de iniciativa.

La miró divertida mientras Julia se alejaba.

No era como haber resuelto la paz del mundo, pero pudo hacer a un lado los nervios de novata y arregló la situación.

Ahora quedaba esperar que el técnico pudiera hacer que el horno funcionara. Se sentó de nuevo en la silla y la giró satisfecha.

Observó de nuevo el librero.

Nunca se había percatado de su orden para acomodar los libros. En los cinco pisos armonizaban en tamaños. Incluso podría jurar que los tonos no estaban dispersos.

Uno, sin embargo, parecía discordar. El tamaño no correspondía y el tono era diferente de los de al lado. Tal vez Fausto lo había movido y no supo el lugar correcto para acomodarlo. Debería estar en el tercero, de acuerdo con el tamaño.

Se levantó divertida por lo que consideró una pequeñísima ventaja sobre su hermano. Volvería a acomodarlo.

Jaló la parte de arriba del lomo del libro y le pareció tan pesado como si estuviera fijo en la madera. Jaló con más fuerza. El tomo solo quedó inclinado, en cambio el librero se fue separando de la pared, despacio, como mostrando la entrada a un mundo desconocido.

Fara abrió los ojos y la boca mientras sacudía la cabeza. Volteó a todos lados. Julia estaba entretenida con la preparación de los país y Rafael no aparecía a la vista. Empujó el librero y escuchó el clic de una cerradura.

—¡Por Dios, es una puerta!... ¿Hacia dónde va?

Volvió a sentarse. Desde ese sitio observó los libros, el estante, la pared. Arregló su cabellera sobre el hombro derecho. Arrugó el entrecejo a la par que intentaba imaginar lo que había detrás de esa pared.

—¡La casa!

TORNEO

Ramón perdió el balón ante el chico del equipo contrario que lo sorprendió al anotar un gol. Quedaban pocos minutos del partido y el empate era inminente. Ese resultado los eliminaría del torneo.

—Déjeme entrar. Le aseguro que puedo ayudar al equipo a ganar.

—Casavantes, ya te he explicado que las mujeres no pueden entrar al equipo masculino... ¡Cuidado a la derecha, Gutiérrez! ¡Cuida tu portería, no te salgas, Alvarado!

—No es justo.

—¿Aún estás aquí?¡Oh no!

Ramón sufrió una caída. Se quejaba en el suelo por lo que el entrenador tuvo que auxiliarlo. Mientras revisaba que no hubiera alguna fractura, el juego se reanudó con un integrante menos en el equipo.

Unos instantes... Goyi corrió a la cancha para ocupar su posición. Los demás la miraron sorprendidos. El equipo contrario dominaba el balón; ella se lo quitó con limpieza y corrió hacia la portería. Un contrincante se acercó; intentó arrebatar la pelota. Lo evadió con una bicicleta, al segundo con un túnel y al tercero le hizo un quiebre que la colocó en posición de anotación. Sin dudarlo golpeó con la parte interna del talón. Pegó en la esquina superior derecha de la portería.

El instructor observó la escena con la mandíbula tensa y el rostro enrojecido.

—¡Sal de la cancha!

Gregoria caminó hacia él con la cabeza erguida y los ojos entornados. Los chiquillos la miraban confundidos. Dafne no podía creer lo que hizo.

Se invalidó la jugada y volvió a reanudarse el juego. El entrenador le pidió a otro jugador que supliera a Ramón.

—Eso que hiciste fue una desobediencia total.

—Yo creo que fue una jugada maestra. No he visto a uno hacerlo igual.

—Será mejor que te quedes callada si no pretendes empeorar tu situación.

Le pidió al ayudante, el profesor Rangel, que la llevara a la oficina de la directora. Su caminar erguido sin bajar la cabeza, los labios apretados y la sensación de ser capaz de cualquier cosa no la abandonaron en el trayecto.

Estaba sentada afuera de la oficina de la licenciada Ontiveros, cuando vio a Fausto que salía de ahí.

—¿Qué haces aquí?

—Me castigaron porque metí un gol. Si no lo hubieran anulado, iríamos ganando.

—¿Estás en un equipo?

—No.

—¿Entonces?

—Se metió a jugar sin permiso en el equipo masculino. Tiene que ver a la licenciada. Usted es familiar, ¿no? Ya que se encuentra aquí, podría entrar con ella para que la licenciada le explique —indicó el profesor Rangel.

—Si no le importa, me gustaría escuchar su versión antes de que sea enjuiciada.

—No lo sé...

—Puede dejarla conmigo.

Rangel dudó un segundo, miró el reloj y optó por retirarse.

—Ahora cuéntame qué sucedió.

—Tú sabes que soy buena. Nomás tengo que ver una jugada y la voy a dominar.

—Ya lo sé, ese no es el problema, ¿o sí?

—Al entrenador le importa el equipo de los niños y ya. No quiero estar en el de las niñas para que no me tomen en cuenta.

Ellas no van a torneos. Deberías ver el uniforme. Es horrible, nomás faltaba que le pusieran moñitos.

—¿Juegan bien?

Se encogió de hombros.

—Y cómo fue que te metiste al juego.

Los ojos de la niña destellaron de alegría.

—Ramón se lastimó. El entrenador no quiso meterme. Lo hice sin permiso y anoté. Hubieras visto la cara roja del hombre.

—¿Y crees que hiciste bien?

Goyi giró el rostro para pensar.

—No sé. No lo planeé. ¿Por qué debo pertenecer a un equipo olvidado?

La puerta se abrió y apareció el rostro sonriente de la directora invitándolos a pasar.

—Pues aquí estamos, de nuevo —La voz de Fausto sonó divertida.

—Así parece. Tome asiento... otra vez... Señorita Casavantes, el profesor Antúnez me hizo una llamada para explicarme lo que pasó. ¿Tienes algo que decir a tu favor?

—¿Por qué es malo querer jugar en una buena liga? Puedo hacerlos ganar. Nunca pasan más allá de las eliminatorias iniciales.

—Puedes entrar al equipo femenil.

Goyi se arrellanó en la silla, torció la boca y cruzó los brazos.

—¿Puedo hacer una pregunta? —intervino Fausto.

—Adelante, por favor.

—¿Por qué el equipo femenil no tiene su propio entrenador o entrenadora?

—El profesor Antúnez es un magnífico instructor.

—Lo sé, es que... no sé... pudiera ser que la prioridad sea el equipo masculino y se haya olvidado del otro, que debería ser igual de importante, ¿no lo cree? ¿Y qué me dice del torneo femenil? ¿Existe?

—Por supuesto que existe, pero no tiene la misma promoción que el otro torneo. Usted comprenderá que hacemos lo que podemos.

—Bien. Tengo una propuesta. La pastelería y panadería *Lory´s* desea financiar el torneo y proporcionar nuevos uniformes al equipo femenil. Incluso puede conseguirse algún otro patrocinador.

La pequeña parpadeó con rapidez y miró a su primo con ternura.

—Si, directora, por favor, acepte.

—Lo pensaremos. Le daremos una respuesta lo más pronto posible. Tenemos que afinar algunos detalles. Podríamos dejar el equipo a cargo del maestro Rangel.

—Me parece bien.

—En cuanto a lo que hiciste, señorita Casavantes fue una falta de respeto hacia el profesor Antúnez, por lo que quedará en tu expediente como amonestación. Además, deberás disculparte con él.

—Pero...

—Creo que tienes que hacerlo, guerrera. Aclaraste tus razones, aun así, una disculpa es necesaria.

Fausto sintió la vibración del celular. Sexta llamada. Miró la fotografía en el estante. Contempló la sonrisa de las dos mujeres, sobre todo la de la más joven con la bebé en brazos.

—¿Cuántos años tiene su sobrina, licenciada?

—Tres años. Se llama Eirin, como su mamá.

RECUERDOS

Fabiana bajó el fuego al ver la ebullición del agua con el azúcar, la sal y la mantequilla, esperando el punto exacto en que esta última se derretiría por completo. Cerró los párpados invadida por el delicioso olor. Retiró el cazo del fuego y fue integrando la harina, removiendo hasta que quedara integrada por completo. Colocó el recipiente en la lumbre de nuevo y fue removiendo hasta formar una masa sin humedad. Tomó un poco de esta para comprobar que no se quedaba en los dedos. Era justo el instante de retirarla del fuego.

«Sin nada de humedad, Mili, para que no se bajen los profiteroles al abrirlos, tal y como me enseñaste».

Rompió el cascarón de los huevos uno a uno, poniéndolos en el hueco de la masa que ella misma hizo con una espátula.

—Perfecto. Eres una hermosa masa, no lo dudes jamás. Te colocaré en la manga para formarlos uno a uno sobre el papel para hornear.

Sacó la brocha y los fue barnizando con un poco de clara. Antes de colocarlos en el horno.

—Veinte minutos, hermosos, los doscientos grados de calor van a acariciarlos hasta que se transformen en una delicia culinaria, ya lo verán.

El timbre del celular interrumpió la plática con los futuros panecillos. Era Fausto. A pesar de que la otra noche la pasaron bien, aún no sentía que las cosas con respecto a los deseos de Mili hubieran quedado del todo claras entre ellos.

Esa noche, se sintió de nuevo la hermana mayor que siempre intentaba protegerlo. hablaron de la chica que lo enloquece.

—Eirin no desea una relación, ¿me explico? No quiere conocer apellidos, ocupación, redes sociales, ni relaciones familiares.

—¿Y tú? —Le sirvió otra taza de café.

—No lo sé. —Examinó el plato, aunque su mirada parecía ir más allá de esas galletas—. Quién sabe si sea ese misterio lo que me hace querer más.

—Entonces cuando lo descubras, ¿se te va a acabar el interés?

—Me siento confundido. —Negó con la cabeza—. Creo que hemos llegado al punto en que el juego de los secretos no es divertido.

—O eres tú el que ha llegado a ese punto. Deberías decírselo con todas sus letras. Cada uno debe estar seguro del terreno que pisa.

—No lo sé. No me gustaría presionarla.

—Claro que no. Presionar, jamás, pero sí debes decir lo que piensas y, si ella no puede o no quiere dar un paso adelante, entonces lo mejor es alejarse. Ambos deben sentirse felices con el tipo de relación que tengan, de lo contrario, saldrán lastimados.

—Supongo que tienes razón.

—Como siempre. —Levantó la barbilla y ladeó los labios traviesa. Adoptó un semblante serio antes de continuar—. Esas épocas cuando los hombres no expresaban sentimientos hasta que se les transformaban en enojo ya son obsoletas. Perteneces a esta época, cariño, dile justo lo que sientes. Si no te lo puede dar, te despides con amabilidad y a continuar, que la vida no se detiene.

La noche fue larga. Siguieron hablando de Eirin, de otras chicas, de la infancia, de cada cosa que los unió. Rieron de las simplezas de la adolescencia. Ella pensó que la sonrisa franca y el brillo de las pupilas de su hermano no valían ni un millón de panaderías juntas que los alejaran.

El tema de Camila no apareció en esa mesa. Ya habría oportunidad de discutirlo, cuando el dolor no estuviera a flor de piel, y las emociones hubieran mutado a sentimientos positivos.

—Hola, Fausto —respondió la llamada con la sonrisa que le provocó el recuerdo de la plática que sostuvieron.

—¿Puedo ir a tu casa? Necesitamos hablar.

—¿De la pastelería?

—En parte. Más que nada, hablar de Goyi.

—Bien, le di permiso de ver películas en casa de Dafne, su mamá preparará palomitas dulces. Dijo que la traería alrededor de las diez.

Media hora después, unos minutos antes de las nueve, Fausto estaba sentado en la sala junto a ella dando rodeos a lo que deseaba decirle.

—De acuerdo, ya no le des vuelta, dime lo que necesitas que sepa.

—Tuve una junta en la escuela, con la directora.

—¿Ajá?

—No te molestes, Goyi me pidió que asistiera a la junta con la directora y el profesor. Le di mi palabra de no decirte hasta no saber de qué se trataba.

Ella se rascó el cuello y frunció los labios. Él guardó silencio. Fiel a su costumbre, no diría nada más hasta que ella le explicara lo que pensaba.

—Veamos. Supongo que, si estás aquí, es por algo importante.

—¿Alguna vez te sentiste huérfana?

—Lo somos.

—Sí, es que... ¿alguna vez te sentiste así?

Ella lo miró a los ojos por segundos sin tiempo. Él supo que en realidad reflexionaba sobre el pasado. Era una mujer fuerte. Parte de su energía se debía a la obstinación y a no quedarse estancada en lo que fue. Nunca buscaba culpas o errores, sino soluciones.

—No —le dijo al fin—, para mí Mili suplió a ambos. Mentiría si dijera que no los extrañé. A pesar de eso, ella llenó mis vacíos. ¿Y tú?

—Yo sí. Durante mucho tiempo me sentí un huérfano. Tenía miedo de perderla también. Temía aferrarme a ella y que me soltara como sentí que ellos lo hicieron. Es difícil que me entiendas. No fue su culpa, aun así, sentía rabia que hubieran muerto.

—¿Contra ellos?

—Contra todos. Me daba rabia verte fuerte. Yo quería ser como tú y enfrentar la vida sin ellos de la misma manera, o ser pequeño como Fara y no darme cuenta.

De nuevo la mirada se perdía en los recovecos de la mente. Ansiaba encontrar los recuerdos. ¿Bajo qué pequeñeces decidió cubrir las señales que pudo haber enviado pidiendo ayuda?

Entonces recordó.

Fausto a la salida del colegio aventando piedras a la casa abandonada de la calle principal. Repasó su regaño y la mirada que le devolvió; una mezcla de tristeza y rabia que le pasó desapercibida entonces; justo ahora, la entendió a través de la memoria.

Fausto arrojando el plato sobre la mesa ante su inutilidad con la mano derecha enyesada. Le recriminó su conducta, puesto que él mismo se causó ese impedimento. Evocó sus facciones endurecidas, cual si fuera un viejo y no un adolescente. Por fin comprendió ese gesto.

—Perdóname.

—¿Por qué?

—Por no haberte escuchado. Por no entender lo que estabas viviendo. Sufrimos la misma pérdida, pero cada uno la asimiló de distinta forma. No supe comprenderte y mucho menos ayudarte.

—Eras una niña, igual que yo.

—Puede ser. Ahora ya no lo soy. Sin embargo, lo estoy haciendo de nuevo, Me refiero a Goyi. No he tomado en cuenta sus cambios de humor, sus pesadillas.

—Lo estamos haciendo todos. Incluido el tío Marcial.

—Kelia me lo dijo: «La niña necesita más atención», fueron las palabras exactas —bajó los hombros y respiró profundo.

—¿Crees que debamos hablar con el tío?

—Sí. Vendrá en dos meses a firmar los papeles de la tutela.

—¿Sabes? Entonces me pareció descabellada la idea de que ambos compartiéramos la tutela. Ahora creo que es una buena idea.

—Al menos esa tarea sí la haremos juntos.

Fabiana caminó hacia la fotografía del pasillo. Mili flanqueada por los nietos con su rostro radiante. Se la había pasado rumiando los problemas del testamento que se olvidó de lo demás. Ella representaba la madre perdida para todos; ahora bien, Goyi apenas era una niña.

Fausto le explicó las opciones que la directora le había dado. Acordaron que la pequeña empezaría la terapia lo más pronto posible.

—Fausto. Ella hizo bien poniéndote a cargo. Nadie más que tú para llevar la administración de una empresa.

—Y nadie como tú para crear arte en esa cocina.

—Anoche le estuve dando vueltas a lo que ha pasado. Ella tuvo una razón y debemos encontrarla. ¿Recuerdas los cumpleaños cuando escondía los regalos y buscábamos las pistas? El premio era el regalo. Ella no fue una mujer común.

—¿Crees que el testamento sea una pista?

—Sí... Fausto yo... yo no me he disculpado por lo que pasó en tu brazo. Nunca fue mi intención lastimarte, ni me siento molesta con ninguno de ustedes por el testamento. Mili intentó decirnos lo que no pudo antes. No lo sé, no me agradaría que esto nos dividiera.

—No sucederá. Somos mucho más que los problemas, Fabi. Somos la sangre compartida que corre por nuestras venas. Somos las ramas que no se alejan de la raíz porque morirían... Y ahora que hablamos de secretos. ¿Cuál de las puertas de la casa, es la que conduce a la pastelería?

PASAJE

Hacía rato que la pastelería estaba cerrada. Después de hacerlo, Fara se sentó en la oficina. Observaba el librero, sin definir lo que debía hacer.

—¡Cami, Cami, por Dios! Adorabas los secretos, pero esto no lo hubiera imaginado.

Su risa resonó en sus recuerdos.

—Ven. Te voy a contar un secreto.

—¡Ay, abue!, tú y tus cosas. —Hizo una mueca y continuó sentada.

—En este cajón tengo un tesoro para ti. —Miró a la mujer de fijo e intentó detener su sonrisa. Desde los nueve años supo, que, si mostraba alegría ante las locuras de Cami, ella ganaba—. ¿En serio no tienes curiosidad de verlo?

—¿Qué clase de tesoro?

—De los que guardamos aquí. —señaló su corazón.

—¿A ver?

Abrió el cajón y sacó unas fotografías que Fara nunca había visto.

—Laura, la amiga de Fernanda me regaló estas copias. Aparté unas para tus hermanos, conserva estas. Aquí puedes ver su rostro tan parecido al tuyo y al de tu hermana.

La niña las tomó. Una joven sonreía a la cámara, en otra hacía un gesto gracioso al arrugar la nariz y en la tercera la captaron mirando hacia otro lado, absorta en sus pensamientos. Las lágrimas incipientes daban brillo a las pupilas de Camila. Miraba las imágenes y en seguida a Fara. Ella de forma inversa, observó a Cami y después las fotos. La abrazó fuerte.

—Es tu madre, cielo.

No respondió. No quería que adivinara que la cara que amaba era la suya y el otro rostro solo era una imagen impresa en un papel.

Las fotografías se quedaron guardadas en la caja de recuerdos que siempre llevaba consigo. Unos días antes de regresar, comparó la imagen con la suya en el espejo. Un brillo especial apareció en su mirada al reconocer sus rasgos; el color de la piel, el cabello, los ojos. Por primera vez, esa foto le inspiró pertenencia. Por primera vez, lamentó no haberla conocido.

—Mira Cami.

—Dime. —Le mostró la foto junto a su rostro —¡Oh!, cielo, eres tan parecida a ella.

—Sí. Es mi madre.

Camila parecía feliz entonces, como debía estar haciéndolo ahora al verla confundida ante lo que descubrió: Un pasaje secreto. Temía entrar y quedarse encerrada. Tomó el celular, aunque imaginó lo ridículo que la explicación sonaría; eso, si funcionaba la red dentro.

Se levantó de forma repentina, movió el libro que abría la puerta y observó el lado opuesto. La cerradura tenía un pestillo cuyo mecanismo se encontraba unido a un alambre que conectaba con el libro.

—Ingenioso, Cami. Digno de ti.

Con el corazón latiendo de prisa, entró al pasaje y cerró despacio, dándose oportunidad de arrepentirse. La puerta se atrancó y se puso el pestillo en posición vertical. Estaba oscuro.

Las manos en la puerta buscaron la cerradura. Colocó el pulgar y el índice, lo giró y empujó la puerta. Al menos ahora tuvo la seguridad de que no se quedaría encerrada en el pasaje. Antes de volver a cerrarla, observó las paredes en busca de un foco o de un apagador. Bajó el rostro hacia el piso y observó un pequeño botón. Al presionarlo, las luces colocadas en la parte inferior de los muros iluminaron el espacio. Cerró de nuevo y comenzó a recorrer el pasillo.

Caminó casi ocho metros antes de que el pasaje girara a la derecha. En esa arista, la distancia fue menor hasta llegar a una nueva puerta

—Y ahora, ¿Cómo se abre si no tiene pestillo? Y la pregunta más importante. ¿Hacia dónde me lleva?

KELIA

La primera vez que la vi, fue a través del vidrio. Llevaba un pastel con el sello de las decoraciones originales. Más que cargarlo, me imaginé que flotaba sobre sus manos.

Traía el cabello enredado en la malla protectora, el mandil con el logotipo y la cara manchada del material que usa para crear. Ella siempre dice que es su arte. A mí me pareció entonces, que el arte era ella.

No me vio. Su concentración estaba en equilibrar la carga hasta llegar al refrigerador. Lo colocó con cuidado, cerró la puerta y se le quedó mirando por largo rato, orgullosa de su trabajo.

Yo tenía quince años, ella un poco más. La visión de su rostro, la delicadeza de sus manos y sobre todo el amor en la mirada definieron mi vida. Giró la mirada hacia mí, que la observaba a través de la vidriera; un segundo, atraída quizás por la electricidad que ejerce la contemplación, sin que el cerebro guarde la imagen. Una reacción a una acción. Mucho tiempo después, cuando le conté de ese momento, frunció la cara; sin recuerdos.

La volví a ver muchas veces de la misma manera. Siempre a través de la vidriera. Hasta que decidí entrar. Era tarde, casi a la hora que tenían que cerrar. Ella, en cuclillas, acomodaba las vitrinas mientras su hermano, Fausto, estaba enfrascado ordenando los documentos de las ventas.

—¿Qué pastel me recomendarías para mi cumpleaños? —Giró la cabeza al tiempo que se levantaba de forma tan rápida que tuve que tomar su brazo para ayudarla a no perder el equilibrio—. Lo siento. Te asusté.

—Creo que estaba demasiado concentrada —Nos quedamos en silencio con la mirada fija—. Entonces cumples años, ¿eh?

—Dieciocho.

Sonrió. Supe al instante que se quedaría para siempre en mi vida. Devolví la sonrisa y una semana después, disfruté la mejor fiesta de cumpleaños que había tenido. Papá nos tomó una foto al lado de ese pastel que distaba mucho del modesto pedido que hice.

—Tengo la seguridad de que mi pago no cubre ni la mitad de esta creación.

—Considéralo mi primer regalo.

—Me parece una promesa.

—Lo es.

Imprimí la foto y ha permanecido en mi buró sin importar las veces que haya cambiado de vivienda.

Al principio compartimos un departamento diminuto a la salida de la ciudad. Camila frunció la nariz al ver la ubicación. Cuando observó que yo sí había captado su gesto, se encogió de hombros y dijo que lo más importante era que nosotras estuviéramos contentas. Reí mientras negaba con la cabeza, admiré su frescura. Fab nos miró intentando adivinar qué tramábamos.

Permanecimos ahí unos meses. En cuanto hubo oportunidad, nos mudamos a otro sitio que era lo opuesto al anterior. Fantaseábamos con estabilizarnos en la zona, aunque la noticia de la enfermedad de Camila alteró los planes. No dudé en el instante que Fab me propuso mudarnos a su casa para cuidarla.

Fue inevitable relacionar la enfermedad de mi madre con lo que estaba sucediendo. Tenía trece cuando a mamá le diagnosticaron cáncer en un hueso del brazo. Lo extirparon. Por unos meses creímos que lo peor había pasado; sin embargo, no contábamos con la metástasis.

Papá se dedicó a cuidarla, mi hermano y yo le ayudábamos en lo que podíamos. Tras su muerte, fuimos lo único que lo alentó a continuar. No recomenzó su vida hasta que ambos decidimos nuestro camino. Me alegra que haya encontrado con quién compartir la bondad de su corazón.

La foto se colocó en otro buró. En una casa antigua, llena de recuerdos y secretos. Las dos cosas que Camila amaba.

Unas semanas antes de su partida, me pidió que la siguiera al cuarto. Mi horario en el taller, siempre me había permitido llegar antes que Fab. El dedo índice me indicó que guardara silencio. Gregoria estaría en la clase de guitarra, escoltada por Fausto, era probable que no quisiera que Fara nos escuchara.

—Fabiana es la que menos me preocupa de mis nietos —dijo, mientras me indicaba que me sentara a su lado en el sofá de la recámara—, ella te tiene a ti. Sobre todo, tiene una fortaleza que puede romper barreras cuando se lo propone, ¿no te parece?

—Sí.

—Es la que menos me preocupa, te repito, aun así, por las noches no dejo de pensar en ella. Esa fortaleza que te menciono es un don y a la par le provoca una obstinación exasperante. Entre más intentes guiarla, más se empeñará en hacer lo contrario.

Era cierto. Yo misma lo pensé, pero no tenía interés en discutir sus defectos si no era con ella. Solo sonreí.

—Te aprecio mucho Kelia por el amor que le das a Fabi, sobre todo, por esa forma de ser tuya, tan centrada. Por eso te haré una encomienda.

«¿Una encomienda? Empiezo a asustarme»

—Tienes que hacerme una promesa.

—Camila yo...

—Lo sé, lo sé. Me dirás que no quieres problemas, ni hacer nada a espaldas de mi nieta. Lo entiendo. Lo que te pido es más que nada el deseo de una moribunda.

Me quedé pensando unos segundos antes de oponerme. Ella respetó mi silencio, bajó la mirada y con paciencia esperó mi réplica.

—Está bien. La escucho, todo depende de lo que me vaya a pedir.

—No es nada difícil. Ven.

Caminó hacia una de las fotografías en la pared. Su esposo y ella sentados junto a tres chiquillos parados a su lado. Uno era Marcial, de eso estuve segura.

—Son mis hijos. Marcial, Fernanda y Cristina.

—Fernanda —pronuncié el nombre con sorpresa al ver su imagen infantil.

—Sí. Ella se casó con Francisco. Ambos decidieron que la letra F los había unido, Imagina de dónde vienen los nombres de los chicos.

—Es gracioso.

—Lo sé.

Reímos.

—¿Y Cristina? —Inhaló y exhaló profundo.

—Es una triste historia. Mira —Quitó la fotografía. Dio unos golpes en la pared. Una puerta que no hubiera notado se abrió para mostrar un hueco que contenía un joyero negro. Fijé la vista para verlo mejor. Era pequeño con algunos adornos dorados y piedras engarzadas. Una verdadera joya—. Pasado el duelo de mi muerte; el plazo lo dejo a tu juicio, cuando los veas tranquilos; cuando estén resignados y continúen sus vidas sin mi sombra, sobre todo Gregoria, les hablarás de la caja.

—¿Y la llave? —Me miró traviesa.

—Estoy muriendo, cielo, pero aún me gusta jugar un poco.

—¿Deben encontrarla?

—Esa será tu tarea.

—¿Qué tal que la destruyo para abrirla?

—¿Lo harías? Sería una pena. Es una hermosa joya de mucho valor y no hablo de sentimentalismos. La caja es tuya, consérvala o véndela si te es necesario. La certificación de antigüedad del joyero, así como la gemológica de las piedras incrustadas están adentro de la caja, endosados a tu nombre. Eres diseñadora de joyas, cielo. Amas el arte. Busca la llave. Tan pronto la encuentres, te libero de cualquier promesa de espera. Por favor.

—¿Podría darme una pista?

—La encontrarás en este cuarto.

Acepté. La promesa fue callar hasta encontrar la llave. En cuanto estuviera en mis manos, le hablaría a Fab del joyero. Desde entonces no he dejado de buscarla.

«¿Y si nunca la encuentro? ¿Me atrevería a destruirlo?»

—Tonterías. La encontraré, solo debo buscar y rebuscar.

Era difícil hacerlo con Fabiana siempre por la casa. Aunque hubo lapsos en que se desaparecía, Consideré más adecuado buscar si la tenía bien ubicada, de manera que no me sorprendiera fisgoneando entre las cosas de Camila.

Esa noche la escuché hablar con Fausto en la sala. No parecían discutir. Eso me daba posibilidad para buscar antes de que se extrañara de no verme.

Días antes había buscado en los cajones de los buros y la cómoda. Ese día comencé con las zonas más absurdas. Estaba segura de que no me la puso fácil. Escudriñé bajo el colchón y entre los recovecos del sofá. Registré detrás de cada cuadro colgado en la pared.

No había oportunidad de rendirme por lo que decidí buscar en el armario, aunque me parecía demasiado obvio. Abrí las puertas y la sorprendida fui yo. Justo entonces, a través del espejo lateral, apareció Fara.

PASTELILLOS

Fabiana fijó la vista en la de su hermano. La sonrisa era confusa. Trataba de imaginar cómo se enteró y qué tanto sabía en realidad. En unos segundos decidiría contarle acerca del pasaje, o negar los hechos. Ocultar era distinto a mentir.

—En el cuarto de Mili.

Los ojos de Fausto mostraron sorpresa, era evidente que hasta hacía unos instantes no estaba seguro de que su teoría de las puertas secretas tuviera sentido.

—Pensaba preguntarte cómo te habías enterado, aunque por tu reacción, creo que acabas de confirmar tus sospechas con lo que te he dicho.

—Necesito un trago. ¿Tienes algo más fuerte que una copa de vino?

—Tengo un brandy que uso para los pasteles, ¿Te sirve?
—Él asintió a la par que resoplaba—. Ven, vamos al comedor; en el camino tomo la botella y las copas de la cantina.

—Te vi.

—¿Perdón?

—Pasé por ahí la otra noche. Pude ver la luz a través de la ventana. Entré con cuidado, pensé que me encontraría un ladrón o un vago... Corregías los errores de Julia. Ella le dio una interpretación fantástica, yo preferí pensar que era Fara quien lo hacía, aunque el aroma sí me confundió.

Fabi sirvió las copas en silencio, ¿qué podía decir... que no era su propósito entrometerse? Sí lo era. Su propósito era interferir en cada cosa que ellos hicieran.

—Fausto, yo...

—No, Fabi, no es necesario que expliques lo que es obvio. No creas que no te comprendo o que no agradezco lo que intentabas hacer. En el fondo, creo que abue estaba consciente de que lo harías. Supongo que ella te contó el secreto de esas puertas, no creo que lo hubieras descubierto como yo.

—Sí. Me lo contó cuando tenía siete años.

Fausto parpadeó mientras agitaba la cabeza. Guardó silencio. Contemplaba la copa, como si el líquido en ella pudiera esconder las respuestas a sus dudas.

—Lo has sabido siempre. ¿por qué no nos dijiste?

—Ella así me lo pidió. Me dijo que podría servirme en alguna circunstancia. Según ella, mi ventaja era que nadie más estaba al tanto de su existencia. Así había sido hasta ahora.

Ambos giraron el rostro al escuchar las voces de Fara y Kelia. Caminaban por el pasillo hacia donde ellos se encontraban.

—Me adivinaron el pensamiento, ¿o qué? Por favor, sírvanme una copa de lo que estén tomando —indicó Kelia.

—Yo prefiero un poco de rompope —respondió Fara—. Iré por él mientras les cuentas lo que acabamos de descubrir.

—¿De qué hablan? —preguntó Fabi.

Trajo el rompope y dos copas más. Fausto les sirvió. Su hermana removió la cabellera hacia un lado y saboreó un sorbo de su bebida.

—¡Oh! Delicioso.

—No van a creer lo que descubrió Fara. Diles.

—Hay un camino secreto de la pastelería al cuarto de Camila— Kelia frunció las cejas al observar la no-reacción de los muchachos. Ellos se miraron entre sí unos segundos— No se sorprenden. ¿Lo sabían?

—Yo me acabo de enterar, Fabi lo ha sabido siempre.

—Por favor, no me lo reprochen. Mili me pidió guardar el secreto.

—Creo que ya tengo idea de dónde te desaparecías. Era increíble que no pudiera encontrarte.

—¿Ni a Kelia se lo dijiste?

—Fara, ella tenía sus cosas y te hacía guardar secretos, a veces no te daba razones. No te reprocho, Fab —Todos la miraron en silencio, sin saber si era prudente preguntar—. Lo que no capto es la finalidad de ese pasaje.

—Preparé Profiteroles rellenos de nata; no se imaginan el delicioso sabor.

—¿Cómo hiciste el relleno? —preguntó Fara.

—La mitad con la nata fría montada en azúcar y vainilla y para la otra parte, batí la nata, la mantequilla y el chocolate. No tienen idea el éxtasis que se vive en la boca al morderlos.

Indicaron a una voz que querían probarlos. Fue a la cocina por la bandeja que acomodó en medio de la mesa del comedor.

—Pueden tomar los que les apetezcan, ya aparté tres para Goyi.

—Mientras comemos —Fausto bebió otro sorbo del brandy—, puedes explicarnos cómo fue que se decidió a contarte el secreto.

—Mamá se quejaba de que pasaba demasiado tiempo ahí. Ella consideraba que a esa edad mi tarea era jugar y no estar pensando en recetas. Le pidió que no me metiera en los asuntos de la panadería aún. Lo que mamá no entendía es que no era Mili la que me pedía que lo hiciera, la escuela me parecía eterna. Lo que deseaba era llegar a casa y aprender más.

—Creo que mamá tuvo razón. Ella quería que probaras otras cosas, ¿no crees, Fara?

—No lo sé. No conocí su forma de ser. No creo poder juzgar sus decisiones... Oye, está delicioso, podría morir comiéndolos —Fara cerró los ojos para disfrutar la explosión de sabor.

—Yo también —respondió Kelia —. Deberían venderlos en la pastelería.

—No es mala idea.

—Mamá amaba la música, de igual manera que yo el hornear. Mili contaba que se pasaba horas aprendiendo nuevas melodías en el piano y la guitarra igual que yo al hornear—. Fabi tomó otro pastelillo. La bandeja iba quedando vacía—. Son muchos, ¿nos los vamos a terminar?

Los tres asintieron.

—Goyi es igual, puede pasar la tarde entera con la guitarra o con el balón... ¡Oh! — Kelia sintió el relleno escurriendo hacia su blusa. La limpió con una servilleta.

—Sí, la he visto desde mi departamento mientras hacía dominadas. Es extraordinaria.

—Por cierto, patrocinaremos el torneo femenil de la escuela. —Sorprendidas, hicieron muchas preguntas—. No tengo respuestas, eso lo resolveremos conforme se vayan dando las cosas. ¿Están de acuerdo?

—Es tu empresa, ¿no?

—¡Fabi! —Los tres al unísono.

—Está bien. Tomaste una buena decisión. Será maravilloso para la niña.

Tras unos instantes de silencio, Kelia preguntó:

—¿Entonces, Camila te llevaba a escondidas de tu mamá?

—Sí.

—¿Nunca las descubrieron?

—Sí. De la misma manera que tú; sospechaba de mis desapariciones.

—Se enojó contigo.

—No, Fara. Ella era una persona tranquila. No la recuerdo alterada. «¿Te crees Alicia, cariño?», fueron sus palabras al vernos salir a través del espejo. La abuela se sentó en el sofá a observarnos; sonreía como siempre. Después de escucharme, mamá se quedó en silencio por un rato. Luego, me dijo que entendía mis razones; me dio permiso de hacerlo sin tener que entrar a escondidas.

—¿Se dan cuenta de la manera en que ella siempre ha movido los hilos para que las cosas sucedan a su estilo? Y lo digo en presente porque ella sigue manejando las cosas. No me malinterpreten, creo que fue una mujer sabia, pero a veces es necesario que los demás tomen sus decisiones.

La mirada de cada uno se perdió en las memorias de Camila. Ninguno dudaba que era una mujer nada común.

—¿Qué haremos ahora que descubrimos el secreto del pasaje? —preguntó Fara.

—Definir las cosas. Primero que nada, si llegara a saberse que entras por las noches, se perdería todo. Nos obligarían a vender, tal como lo dispone el testamento.

—Pues claro, que no puedo ni aparecerme por ahí.

—Debe quedar claro, ni Fara ni yo tuvimos que ver con sus decisiones.

—Lo sé. Nunca me ha pasado eso por la mente. Dime, ¿de qué manera me saco esta sensación? ¿Cuánto debo repetirme que ella me amaba? ¿En qué y en dónde deposito mi rabia?

—Por lo pronto, la idea de Kelia es buena. Podrías prepararnos estas delicias y nosotros podemos comprarlas para revenderlas. El testamento no tiene una prohibición hacia una negociación así. Te lo aseguro.

El rostro de Fausto mostró complicidad, giró la cabeza hacia su hermana cuyos ojos brillaron como no lo había visto en mucho tiempo.

—De acuerdo, pero antes terminemos estas delicias, que no quede una sola migaja — indicó Fara.

Gorditas dulces con Nuez, Almendras y Avena

Ingredientes:

1 taza de harina integral

1/2 taza de fécula de maíz

Nuez picada (cantidad a gusto)

Almendras picadas (cantidad a gusto)

1/2 taza de avena molida

Un poco de cocoa (al gusto)

4 cucharadas de aceite de coco

Pasas (cantidad a gusto)

Coco rallado (cantidad a gusto)

Canela en polvo (al gusto)

Agua

Instrucciones:

En un recipiente grande, mezcla la harina integral y la fécula de maíz. Agrega la nuez picada, las almendras picadas, la avena molida y la cocoa. Fusiona todo lentamente con una espátula. Añade las 3 cucharadas de aceite de coco y sigue mezclando. En una cacerola, calienta agua. Agrega pasas, coco rallado y canela en polvo. Lleva el agua casi a punto de hervir para impregnar la mezcla con estos sabores. Retira la cacerola del fuego y vierte el líquido sobre la mezcla seca. Une la masa con movimientos envolventes. Coloca un comal sobre el fuego. Forma pequeñas porciones de masa (testales) de manera uniforme. Aplana las gorditas con un rodillo y luego colócalas sobre el comal caliente. Cocina hasta que estén cocidas por ambos lados. Retíralas y déjalas enfriar antes de servir. Puedes rellenarlas al gusto.

(Receta familiar)

PARTE II

El tesoro

«Cuando alguien a quien amas se convierte en un recuerdo, el recuerdo se convierte en un tesoro.».

Fara abrió el espejo dejando a la vista el pasaje. Estaba oscuro. Fabiana oprimió el interruptor de la luz que, a diferencia de la otra entrada, no estaba en el piso, sino a un lado del espejo junto al armario.

—Es increíble. ¿Cami lo habrá mandado construir?

—No, Fara. Fue Loreto. Recuerda que ella le heredó la casa y el negocio. El pasaje estaba dentro del paquete.

—¿Y lo usaba? O sea, ¿lo cruzaba a escondidas? —Fausto inquirió en tanto que tocaba la estructura del marco y las paredes.

—Sí. A escondidas del abuelo. Ella hablaba poco de él, entiendo la razón. Si le fue necesario cruzarlo a hurtadillas de su esposo, pueden darse cuenta por qué Mili siempre fue una partidaria de la libertad.

Se quedaron callados, acomodando sus anteriores conceptos entre los nuevos que llegaron como una tormenta arrasadora... Unos instantes, el timbre de la puerta interrumpió sus pensamientos.

—Debe ser Goyi. —Fabiana se dirigió a la salida de la habitación. Se detuvo —. ¿Le decimos?

—Sí. Es un secreto familiar al que tiene derecho, ¿no creen? —Fausto indicó.

Todos asintieron.

Fabiana apareció en el cuarto con la pequeña de la mano.

—¿Qué hacen aquí?

—Ven guerrera, acércate.

La niña lo hizo. Fabiana se quedó parada junto al marco de la puerta. Se le antojó irreal ver a sus hermanos asomados al secreto que había escondido con rigor.

—¡Guau! ¿Puedo entrar? ¿Hacia dónde se dirige? ¿Ya estaba en la casa desde antes? ¿Cómo lo encontraron?

—¡Cuántas preguntas, linda! — Kelia le acarició la mejilla—. Entremos. Creo que de esa manera podrás obtener algunas respuestas.

Todos lo hicieron. Fabi continuó en la misma posición.

—¿No vienes? —preguntó Kelia.

—Vayan ustedes. Disfruten el camino. —Sonrió.

Ella asintió y le devolvió la sonrisa antes de desaparecer tras el espejo.

LORETO

Cuando Camila era pequeña, la tía Loreto la invitó a trabajar en la panadería, que apenas empezaba a tener éxito. Después de dos años, la inversión, el trabajo duro y el amor que la tía puso en ella daba frutos, por eso necesitaba toda la ayuda posible.

Loreto tuvo lo que en esa época se consideraba un horrible destino: era una solterona. Vivió siempre en el hogar de sus padres. Observó cómo los hermanos, uno a uno se casó y formó una familia. Se compadecían de su suerte, mientras ella sonreía. Lo que los demás consideraban una desgracia, para ella, significaba vivir la libertad.

Los padres murieron sin la satisfacción de verla cumplir con el rol que le exigía su época. Los sentimientos amorosos eran para los demás, ella estaba lejos de esos arrebatos. Decidió invertir el capital heredado en lo que le fascinaba; preparar pasteles y galletas finas. Soñaba con poder ganar lo suficiente para recorrer el mundo algún día. Sin embargo, la vida hace sus planes y no toma en cuenta los nuestros.

Como única hija soltera, la casona le correspondió por herencia. El terreno ocupaba más de la cuarta parte de la manzana. Al frente había un jardín enorme y la parte lateral era un terreno que su padre destinaba a la crianza de animales de granja, antes que la zona fuera considerada parte del centro de la ciudad.

Sin dudarlo construyó el local comercial en ese espacio. De esa manera, la entrada principal de la casa quedó sobre la avenida, mientras la entrada de la panadería estaba a la vuelta, por la calle.

Camila era su sobrina preferida, la que al igual que ella, le fascinaba obtener, cambiar o crear recetas desde cero. La primera vez que la ayudó en la preparación de unas galletas, notó el brillo que le otorgaba esa labor.

Desde ese día, pasaba las tardes ayudando en la elaboración de las delicias que se vendían. La sazón de Loreto era prodigiosa, pero Camila impresionaba aún a la persona menos apegada a los postres. El pastel de cumpleaños de sus veintitrés, lo preparó ella misma. Usó frutos rojos, plátano y chocolate y todos quedaron extasiados con esos sabores.

—Lo siento, Loreto. No son buenas noticias.

—Ya, Sebastián —sonreía a su amigo de la adolescencia que ahora era su doctor—, me vas a decir que son mis nervios o algo así.

—Hay noticias que son difíciles, sobre todo, a alguien que se estima.

Ella sostuvo la mirada, volvió a sonreír y colocó la mano en la suya.

—Te prometo que estaré a la altura.

Debido a la enfermedad, perdería el sentido motriz, primero las manos, Luego las piernas, hasta que al final su cuerpo sería una cárcel destructora de sus ganas de vivir, hasta obstruirle la respiración.

Ese día recibió dos noticias terribles: la enfermedad y el próximo enlace de Cami. Deseaba la felicidad de su sobrina, pero Emilio no era para ella. Lo supo desde que lo veía rondándola. Su carácter era resultado de la época, con las mismas perspectivas opresivas, la creencia de su propia importancia, como si el suelo que pisaba no lo mereciera, aunado a la nula empatía hacia los sentimientos ajenos.

Por supuesto que disfrazaba esos defectos con una amabilidad que impresionó a Camila, pero que a mí me parecía chocante. Desde afuera, sin embargo, Loreto percibía el temperamento real del prometido. Esas miradas molestas si alguien lo contrariaba con un detalle mínimo. Ese movimiento del pie cuando ella daba sus opiniones.

Durante la fiesta, anuncio del compromiso, la mente de Loreto volaba hacia los arreglos de la casa. El dinero ahorrado lo usaría para construir un departamento en el jardín. Con respecto al local, ya había planeado abrir una puerta trasera que omitiera el salir a la calle y dar la vuelta a la esquina para recorrer el camino desde la casa a la pastelería. La imaginación llegó más allá. Fue esa noche cuando el pasaje secreto nació en la mente de Loreto hasta convertirlo en realidad.

—Renunciarás a trabajar, me imagino —el padre de Camila ordenaba, más que preguntar.

—No es necesario. Emilio está de acuerdo en que siga ayudando a la tía, ¿no es así?

Un gesto condescendiente en sus labios y un movimiento de cabeza que pretendía asentir.

«El pasaje es un hecho», pensó Loreto.

—¿En dónde vivirán?

—Al principio será en casa de mis padres —indicó Emilio—. Ya veremos si podemos comprar alguna casa pequeña.

—¿Y si vivieran en la mía? Estoy construyendo un departamento independiente. He dispuesto que ella la reciba como herencia.

Emilio levantó una ceja y entornó los ojos al mirar a Loreto.

—Tía... es que...

—Es un hecho, linda. El precio de la casa vale el sacrificio de soportar mi presencia, ¿no le parece, Emilio?

—No diga eso. Será un honor vivir en ella.

—Perfecto. El departamento estará listo un par de meses antes de la ceremonia y quedará ordenado para mudarme y que ustedes puedan habitarla.

Después de la boda, todo parecía funcionar. Ellos ocuparon la casa y Loreto el departamento. La recámara más amplia estaba al principio del pasillo. Camila atendía lo que su marido consideraba las labores de una esposa y dirigía el negocio también. No obstante, ante la noticia del primer embarazo, las cosas cambiaron, él consideraba que su atención debería ser exclusiva para la familia.

Le pidió... No. Le exigió que, «desistiera de jugar a la repostería», de acuerdo con sus palabras, debía cumplir solo con su papel de madre. A pesar de las discusiones, los ruegos, los llantos, Emilio fue tajante, sobre todo al sentirse apoyado por los padres de Camila.

—Entiendes que lo hago por el bien de nuestra familia, ¿sí?

—Sí, entiendo. Tienes una opinión.

—Bien, entonces puedo irme de viaje con la tranquilidad de que esa labor no te robará el tiempo que debes dedicar a la espera de nuestro primer hijo.

—Puedes ir tranquilo. Jamás cruzaré la puerta delantera de esta casa para girar en la esquina hacia allá.

UNIFORME

—¡Llegaron los uniformes! —El tono más alto de lo normal en la voz de Dafne indicaba su emoción al dar la noticia. El equipo estaba en la cancha. El entrenador Rangel les había pedido realizar algunos ejercicios con el balón, mientras él iba a la oficina de la directora.

—¿Dónde?

—¿Cuándo?

—¿Los viste?

—No les pusieron los horribles moños, ¿o sí?

Las chicas hicieron toda clase de preguntas que Dafne no podía responder.

—Vamos a verlos —propuso Goyi.

Aceptaron y corrieron hacia la ventana de la oficina de dirección.

—No se ve nada. Las persianas están cerradas.

—¿Qué hacemos?

—Entremos —Goyi avanzó decidida.

—No nos lo permitirán.

—Al menos debemos intentarlo.

—Sí. Vamos —gritaron al unísono.

Escondidas, observaron salir al entrenador y la directora. Sin embargo, tal como lo imaginaron, la oficina estaba custodiada por Marlene, la secretaria.

—Alguien tiene que sacrificarse.

—¿Cómo, Goyi?

—Alguien debe fingir sentirse mal. La señorita Marlene la llevará con la enfermera y podremos entrar. Tiene que ser rápido, antes de que regresen.

—Está bien. Lo haré, eso sí, lleven mi celular para que tomen foto del uniforme —dijo Paula.

El plan funcionó. Minutos después, las chicas tomaban fotos del nuevo uniforme. Era verde esmeralda con líneas negras, el nombre y el número beis, al frente el logotipo de la pastelería, atrás el de un restaurant y el de una tienda de ropa. Fausto los había convencido de apoyar al equipo.

Goyi le dio risa Imaginar a Fausto hablando con esa gente para tratar de convencerlos, con lo que odiaba hacer discursos, le hizo sentir un cosquilleo en el estómago. Abrazó el uniforme con fuerza, después lo colocó en su lugar.

—Salgamos antes de que la señorita Marlene llegue.

Salieron corriendo de la oficina, luego hacia las canchas donde se suponía que estarían ejercitando. Fueron afortunadas, ni Marlene, ni el entrenador habían regresado a sus puestos. Hicieron un círculo sin poder parar de reír. Se les unió Paula unos minutos después.

—¿Qué pasó? ¿Te descubrieron?

—Nah. Inventé que me dolía la cabeza. Me dieron un poco de agua y les juré que se me pasó. Dijeron que no siguiera entrenando, que me sentara.

Volvieron a reír mientras le mostraban las fotos del uniforme

—Es increíble. Tu primo es super —le dijo Paula a Goyi en el oído.

—Sí, sí que lo es. Es el mejor.

—¿Más que tu papá?

—Es distinto.

—¿Cómo?

—No lo sé. Solo es distinto.

Goyi giró el rostro hacia la ventana de la oficina de la directora. Las demás continuaban hablando de su pequeña aventura. Recordó el día de la junta. las clases de guitarra a las que la llevaba. Las veces que fue su cómplice frente a Fabiana. Lo segura que se sentía a su lado. Torció la boca. Sí, Fausto era distinto.

REINICIO

Tal y como Fausto lo propuso, Fabiana empezó a elaborar los profiteroles, las galletas de mazapán, y alguno que otro postre distinto, que ellos le compraban como a un proveedor externo. Raúl, el jefe de Kelia, le ayudó con los aspectos administrativos y contables para poner en orden la creación de la empresa. El abogado no encontró ninguna cláusula que prohibiera esa negociación.

Fabiana acremaba la mantequilla con el batidor globo junto con el mazapán desmoronado durante algunos minutos. Sentir su aspereza en las manos, para luego unirlo a la mantequilla, que le devolvía suavidad, era una sensación indescriptible. Cada ingrediente que se transformaba en una delicia, la hacía sentir poderosa.

Cuando quedó con la consistencia perfecta, agregó la leche condensada. Continuó batiendo hasta que todo quedó integrado.

Tanto en la repostería como en la preparación de otro tipo de alimento, lo original o versátil la hacía sentir plena. La satisfacción de ver sus creaciones terminadas, imaginar a los clientes saboreando las delicias y, sobre todo, ir recuperando la relación con sus hermanos le devolvió un poco de la seguridad de lo que creyó no poder recuperar.

Incorporó la harina sin cernir. Una vez que todo quedó unido, utilizó el rodillo para estirar la masa hasta dejarla de medio centímetro de grosor. Formó las galletas que metió al horno a ciento ochenta grados centígrados durante diez minutos.

«Somos los mejores de la ciudad, no lo olvides», la voz de sus recuerdos le trajo las palabras de Mili. «Pastelerías y panaderías hay muchas, pero el servicio que damos es diferente, ofrecemos variedad, calidad y versatilidad... bueno, no es eso lo que nos hace mejores, sino el amor que le damos a cada producto. De los pocos que aún somos artesanales y eso hace la diferencia».

Cuando estuvieron listas, colocó la charola sobre las hornillas para que se enfriaran.

—Hola. No te esperaba tan temprano —expresó al ver a Kelia llegar.

—Lo sé. Terminamos el inventario, por fin. Raúl nos dejó salir como premio.

—Estupendo.

—¿Cómo vas con tus creaciones?

Su cara mostró cierta satisfacción al escucharla. Le gustaba sentirse una creadora. Llevaba los productos cada semana, se vendían los primeros días, eran todo un éxito; sin embargo, algunas veces la exclusión de la pastelería aún hacía mella en su estado de ánimo, no era capaz de evitar sentir una punzada en las entrañas al verlos dirigir el negocio.

—Están casi listas. Me falta empaquetarlas.

—Te ayudo. De esa manera, terminaremos más pronto y podemos ir a comer por ahí. Hace mucho que no salimos tú y yo.

—Es cierto, es que...

—Nada, nada. No acepto ningún pretexto. Hoy Goyi tiene la terapia después de clase. Fausto quedó de ir por ella, le mandamos un mensaje y le pedimos que la invite a comer, así tenemos todo el tiempo del mundo.

—Está bien. Déjame le escribo ya. ¿Te parece?

Kelia asintió. Comenzaron la labor de empaquetado de los productos. Kelia se detuvo un momento y se le quedó mirando mientras Fabi hacia su labor.

—No me digas que ya te cansaste. No llevamos ni la mitad.

—Claro que no. No te lo he dicho, pero me siento orgullosa de ti. Tomaste las riendas de tu vida con lo que tienes. Después de la sorpresa, el enojo, la resignación, un respiro profundo y mírate ahora renaciendo.

—Gracias. No te imaginas lo mucho que me ayudan tus palabras. Hay días que me entran las dudas... Hoy no. Hoy me siento entusiasta. ¿A que no adivinas?

—¿Qué?

—Tengo más pedidos. Se corrió la voz de mi actual emprendimiento y ya tengo dos nuevos clientes.

—¿Fab, es estupendo! —La contempló dando pequeños saltitos. Sus ojos se iluminaron al verla tan feliz. La abrazó con dulzura.

—Me pidieron los mismos productos que le vendo a los muchachos; les ofrecí novedades. Me propuse que cada cliente reciba productos únicos.

—¿Ves? ella sabía lo terca que eres. Me lo comentó. Decía que no le preocupabas, que estaba segura de que cuando te propusieras algo, lo lograrías.

—No me lo habías contado. ¿Qué más te dijo?

—¡Ya sabes cómo era! —Kelia palmeó sus mejillas y evitó mirarla—. Habló de muchas cosas que no recuerdo. Ella te amaba, no lo dudes.

—Deseo algún día poder decir: «Ya entendí, esta era la razón». Dejar de sentir el vacío que le causó una decisión tan sorpresiva.

—Así será, no lo dudes. Estoy segura de que ella se sentiría orgullosa de lo que haces. Quién sabe si fue la forma de decirte que tomaras tu propio camino.

—Quizás.

Se quedaron calladas. Kelia pensó en la llave. Le inquietaba no encontrarla. Camila tuvo razón, no tenía valor de romper el neceser, aunque si fuera indispensable hacerlo, no tendría otro remedio.

—¿En qué tanto piensas?

—En que debemos apurarnos. ¿Qué se te antoja comer?

RIZOS

La psicóloga, después de las primeras citas de diagnóstico, agendó ver a Goyi dos días a la semana. El viernes a la salida de clase y el lunes a contra horario. Se turnaban para recogerla de la escuela. Fausto fue el encargado de hacerlo ese viernes. Fara se quedaría atendiendo los pormenores mientras tanto. Las últimas semanas había mostrado gran interés en aprender.

Se estacionó en el espacio de siempre, pero como llegó un poco más temprano, optó por sentarse en una banca de la placita. Desde ahí podía ver la entrada del colegio, a pesar del enorme árbol que con seguridad no le permitía ser visto desde allá.

La calle estaba casi vacía. Una hora antes los alumnos habían salido de clases. Las pocas personas que quedaban eran algunos miembros del personal.

Un automóvil se estacionó frente al colegio. Reconoció el Honda rojo de Eirin.

Recordó la primera vez que lo abordó.

—¿Y ese carrito?

—¿No te parece lindo?

Fausto se encogió de hombros, no le dio demasiada importancia al colgante en el espejo. Hacía juego con su personalidad infantil.

Ahora, al verla abriendo la portezuela trasera para tomar a la pequeña del asiento de niños, que por supuesto no estaba cuando subió a ese automóvil, comprendió la elección del adorno.

Había ignorado sus llamadas durante dos semanas, hasta que su nombre desapareció de la pantalla. Estaba seguro de que tarde o temprano la llamaría. Fabi tenía, en las relaciones lo mejor es definir lo que cada uno espera y redefinirse cuando las cosas cambian. Existían muchas cosas que aclarar entre ellos. Sin embargo, él necesitaba esa pausa para aclarar sus propias ideas.

Los rubios rizos de la pequeña lucían más largos que en la fotografía de la oficina de la directora. Caminaban a paso lento. La niña dando saltitos mientras su madre la miraba feliz

Fausto marcó el número. La madre se detuvo en un intento por leer el nombre sin dejar de vigilar los pasos de la pequeña. Dos timbres más. Eirin veía el celular, luego a la niña. Un timbre más. Colocó el dedo en los labios para indicar silencio. La tomó de la mano evitando que avanzara.

—Hasta que das señales de vida. Imaginé dos opciones, cambio de número o se esfumó de la tierra.

—¿En dónde estás?

—Extraña pregunta.

La pequeña jaló el brazo de su madre para indicarle que deseaba continuar el camino.

—Escucha, tengo asuntos urgentes que atender. ¿Te molesta si te llamo después?

—¿Es tan importante que no te sientes intrigada por lo que tengo que decir?

—Me encanta el misterio. Me intriga la razón de tu ausencia, y esta prisa repentina por hablar conmigo. Escucha, estoy un poco ocupada, te llamaré más tarde.

—Está bien... Eirin... Me encantan los rizos de tu cabello... Espero tu llamada.

Eirin se quedó mirando el aparato por unos segundos, antes que la niña continuara el jaloneo en su deseo por lograr que ella avanzara.

Se alejaron de los jardines. Fausto se quedó mirando en esa dirección largo rato aun cuando se esfumaron en la entrada del edificio. Segundos después, Goyi y la licenciada aparecieron.

CENA

Temprano, Goyi tocó la puerta de Fara, llevada por la curiosidad de conocer la comida que serviría esa noche, en la que fueron invitados a inaugurar el departamento.

—¿Qué estás haciendo? —preguntó Goyi al ver la masa en el refractario.

Contrario a su costumbre, Fara se recogió el cabello y lo cubrió con la malla protectora. Era común ver a Fabiana disfrazada para el trabajo, como le decía la niña, pero nunca había visto a Fara con el cabello atrapado.

—Intentando hacer un pay con avena en la base, sin galleta, como postre para la cena.

—¿Avena? —preguntó, mientras fruncía la nariz—. No se me antoja probarlo.

—Veremos cuando esté listo. La licué para granularla y mezclar con la mantequilla de nuez. Formaré una pasta que será la base. ¿Te gustaría ayudarme?

—Bueno.

—Lava tus manos. ¿Y lo comerás?

—Mmm.

—No puedes decir que un sabor no te agrada, si no lo pruebas.

—Está bien. un poquito, ¿*Okey*?... Ya quedó la pasta, ¿ahora que haremos?

—La meteremos al horno a ciento ochenta grados. Mientras tanto, en una sartén, derretiré un poco de mantequilla con la nuez y la miel de maguey. La verteremos sobre la base una vez que salga. listo.

Pasados los quince minutos, sacó el pay y colocó el relleno. Goyi sonreía orgullosa de haber contribuido a su creación.

—¿Puedo ponerle crema batida?

Fara colocó las manos en la cintura y pestañeo, mientras la niña juntaba las suyas pidiendo su aprobación.

—Eso es trampa.

No pudo mantener un rostro serio al tiempo que sacudía el cabello de Goyi. Era una niña excepcional. Igual que ellos en su infancia, no tenía a sus padres para ayudarla a crecer. Fue la abuela Cami en ambas situaciones quien asumió ese papel.

—Creo que iré a casa a avisar que estoy acá.

—¿Te gusta vivir con ellas?

—Sí. Fabi es regañona, pero Kelia me consiente. A veces me imagino que son mis mamás y Fausto mi papá.

—Eso te gustaría, ¿eh? Anda, ve a avisarles. No les cuentes del postre que será sorpresa.

Observó su carrera a través de la ventana. Parecía feliz; sin embargo, estaba consciente de que extrañaba a Cami y al tío Marcial. De alguna manera, sus hermanos se convirtieron en una tabla a la cual aferrarse.

Ella nunca había pensado en la posibilidad de tener hijos. Aceptó ser madre sustituta en honor a la amistad que tenía con Sonia.

Por la noche, el timbre del departamento de Fara se escuchó cinco minutos antes de las ocho. Imaginó a Fabi. Era una obsesiva de la puntualidad. Verificó su arreglo en el espejo y asintió.

Estuvo usando vestidos holgados. Esa noche, por el contrario, se puso unos leggins negros y una blusa amarilla entallada que mostraba el esplendor de su vientre.

—¡Te ves hermosa! ¿Has decidido hablar con Fausto?

—Sí. Creo que debo contarles. Siéntate. Te traeré un vaso de limonada. ¿Kelia y Goyi?

—Vendrán en un momento. Andaban de compras y llegaron tardísimo. Decidí ahorrarles mi cara larga mientras se arreglaban. Son unas impuntuales.

—Ya sé. Recuerdo esa cara el día de la graduación de Fausto. ¿Te acuerdas? Me entretuve demasiado en el salón donde me hicieron el peinado. Se fueron sin mí a la ceremonia.

—Y llegamos justo a tiempo. Si te hubiéramos esperado, la distracción de todas al entrar cuando ya había empezado la ceremonia hubiera sido un caos. Así solo fuiste tú y el revuelo fue limitado.

—Esas son las cosas que nos unen. Nuestros recuerdos, nuestra vida juntas, hasta nuestras diferencias. No permitamos que un testamento inexplicable nos separe.

Sus ojos se encontraron por unos segundos. Asintió con una sonrisa triste como respuesta.

El timbre volvió a sonar. Se levantó a abrirles. Tocó su brazo para detenerla.

—Goyi tampoco lo sabe. A Kelia le conté sin entrar en los detalles.

—Bien. No te preocupes.

Los tres llegaron juntos. Kelia entró primero. Observó el vestuario y le dio una mirada de aprobación antes de besar su mejilla. Luego entró Goyi sin prestar demasiada atención. Apenas un *hola* y corrió a brincar en el sillón.

Fausto fue el último en pasar. El rostro palideció. La miró con fijeza antes de bajar la mirada hacia el vientre de nuevo. Se quedó parado en silencio.

—Sí. Así es. Perdón por no habértelo contado antes.

—Estás embarazada —lo dijo casi como un murmullo.

Goyi giró el rostro con asombro y corrió hacia su prima.

—¿Tendrás un bebé igual que la mamá de Dafne? —preguntó la pequeña sonriendo.

—Sí... Es diferente. No estoy segura de poder explicártelo.

—¿Por qué? —la niña frunció las cejas, confundida.

—Mejor vamos a sentarnos mientras Fara respira, ya nos contará luego.

—Sí. Pasemos a la mesa, por favor. No se imaginan las delicias que preparé... Tomen asiento por favor. Iré por las viandas.

—Tu siéntate, traeré las cosas.

—Fausto, no seas común. No necesito cuidados especiales.

—Permite que tu hermano te ayude, linda. Lo hará sentirse útil. —Kelia miró a Fabi con complicidad—. ¿Verdad?

—Sí. Deja que lo haga. —Le devolvió la sonrisa.

Fausto se acercó al refractario de las papas con el corte Hasselbach clásico en rodajas finas, sin rebanarlas del todo.

—¡Guau! Esa tocineta con queso en las papas luce deliciosa.

—El toque de nuez picada y curry les da un sabor asombroso. No podrás creerlo cuando lo saborees.

—No sabía que cocinabas.

—Hay muchas cosas que desconoces de la mujer que ahora soy.

—Tu maternidad, por ejemplo. No me explico cómo es que no lo noté antes.

—Lo ropa que uso lo encubre. No estaba lista para explicar la situación. No tardará mi vientre en mostrar la vida que está gestando.

—¿Lo criarás sola?

—No es mío.

—¿Lo darás en adopción?

—No.

Fausto se le quedó mirando. Dudó si debería expresar sus dudas o darle su espacio para que contara lo que deseara. Entonces se dio cuenta de que, hasta hacía unas horas, él juzgaba que era la misma cría que descubrió en la calle liada a golpes con Graciela. Las separó, la tomó del brazo y le dio el sermón de su vida. Nunca rompió la promesa de no contar lo sucedido, aunque siempre se cuestionó si hizo lo correcto.

Tenía frente a él a una persona diferente a la que guardaba en sus recuerdos. Una mujer independiente capaz de tomar sus propias decisiones. Pensó que era posible que la abuela no se hubiese equivocado al dejarla a cargo. Tampoco él, al darle un voto de confianza para que resolviera aquella situación por sí misma. Era más que obvio que la chiquilla que fue, le dio paso a la mujer que tenía enfrente.

—Es más complicado que eso.

Fausto bajó la mirada. Deseaba organizar sus ideas y estar listo para la explicación que ella daría. Juzgó que era un tema de esos que por más que intentara, no podría entender en su totalidad... de esos en los que las palabras deben ser medidas con precaución. Ella le tocó la mano antes de continuar.

—Acepté ser vientre sustituto.

Él suspiró.

—¿La abue lo supo?

—Justo lo del embarazo. El día que se lo dije, pareció sorprenderse y entristecerse a la vez. Le expliqué que fue planeado, lo que la relajó un poco. Ya no hubo oportunidad de mostrarle lo complejo de la situación.

—¿Fue por dinero?

—No. Fue por amistad.

—¿Y estás contenta con esa decisión?

—Las cosas se complicaron... Vayamos a la mesa y ahí les explicaré lo que está sucediendo...Tú lleva las papas, yo el pollo al romero al horno que es una de mis especialidades. Los espárragos ya los he colocado sobre la mesa.

—¿Todo está bien con tu embarazo?

—El embarazo sí. El nene no.

SONIA

Siempre he sido una mujer de esta época, por supuesto. No obstante, hay reglas que son inquebrantables. Desde niña he soñado con esa vida tradicional y sencilla: casarme, tener hijos y que la única prioridad fuera esa nueva familia. Sin embargo, a veces no todo funciona de la manera que lo decidimos.

Dicen que siempre debe existir un plan b en la vida; yo no tenía uno, ni estaba dispuesta a ceder ni un poco del camino trazado.

Terminé una carrera y tengo un trabajo que me permite realizarme en el aspecto profesional. Sin embargo, mi plan de familia siempre ha sido más importante que los logros en el ámbito laboral.

Conocí a Raymundo, mi esposo, a través de amigos cercanos a la familia, no recuerdo un momento importante de mi vida donde él no haya estado. El paso lógico de nuestra relación fue el matrimonio. Todo sucedía de acuerdo con los mandatos familiares, hasta que decidimos que anhelábamos ser padres. Las cosas se complicaron.

Después de tres embarazos fallidos, consultamos a un especialista que confirmó lo que suponíamos, pero nos asustaba poner en palabras. Mi cuerpo no era apto para la maternidad. No lo entendí. Existen muchas mujeres que deciden jamás ser madres a pesar de tener la capacidad y es a mí a quien me fue arrebatada.

El doctor habló de muchas formas de ser madre, desde la adopción hasta una madre sustituta. A todas nos negamos. En cada una de esas posibilidades era necesario meter a un extraño a nuestra vida.

—¿Cuándo volverás a embarazarte?

Preguntaban una y otra vez, como si nuestras decisiones tuvieran que ser publicadas en un foro abierto en el que todos debían opinar. El primer embarazo lo contamos, luego ante la pérdida, los demás callaron. Las otras dos veces preferimos esperar a que fuera una realidad más tangible antes de decirlo, lo cual no sucedió.

El mundo, no lo supo. Ni mis padres. El mundo solo supo que fallamos en esa oportunidad. Después para ellos era una mujer que no quería cumplir mi rol.

—Preferimos esperar.

Mi respuesta habitual. Esconder mi dolor. Esa sensación de que todos me ven como una no-mujer que no cumple su rol en la sociedad. Las palabras de mis padres eran como un zumbido en mi cabeza:

«Cuando te cases... Cuando tengas hijos... Si tienes niños... Si tienes niñas...»

Es así. Van formando tu mente, de manera que ni se puede pensar qué es lo que uno desea en realidad. Muchas noches me preguntaba si me dolía no ser madre o no poder cumplir con lo que se espera de mí.

Tras varios años, aún me preguntaban lo mismo a pesar de obtener una respuesta semejante... Entonces llegó ella... Fara. Se veía tan desvalida la noche que la conocí, que no dudé en entrometerme y evitar que le hicieran daño esos maleantes. Por fortuna no nos dispararon a mí o a ella. Escaparon. Ella corrió, por lo que recorrí las calles aledañas en su búsqueda.

La encontré sentada en la banqueta, perdida en sus pensamientos, de nuevo como blanco fácil de los delincuentes.

—Ya no tengo nada que puedan robarme.

—Siempre hay algo, linda. A veces intentan robar tu cuerpo, tu dignidad, tu vida.

La vi estremecerse. No pertenecía a la ciudad, al menos no a una tan dura como esta. Ella pensó en volver a su origen, vacilé entre esa opción o ayudarla a adaptarse a esta vida que nos ha curtido a los que nacimos acá.

Desde ese día mi esposo y yo nos volvimos sus guardianes y sus maestros en el arte de estar a la defensiva, siempre imaginando que desean atacarte. No sé si fuimos malos enseñándola o era ella quien estaba hecha de una madera diferente, de esas que siempre sabes que vienen de buena raíz.

Fueron semanas de imaginarlo, ambos, sin atrevernos a decirlo en voz alta. Hasta una noche que surgió sin pensarlo demasiado.

—Ella sería una excelente madre sustituta —se lo dije a Raymundo.

—Sí. También lo he estado analizando.

—¿Crees que acepte?

—No lo sé. Cuestión de planteárselo. Lo mejor sería que lo hicieras tú, como mujeres pueden entenderse. No la presiones, o tal vez se asuste.

No fue tan difícil. Lo primero fue contarle mi lucha por ser madre. Toda mi frustración. Cada día que pasaba sin poder llenar mis brazos.

—¿Por qué no intentas la adopción?

—¿Amarías igual a alguien que no viniera de ti?

—Te refieres a la carne, a la sangre, a la genética, ¿no crees que exista un lazo más espiritual en el hecho de ser padres? Hay un vínculo natural que se crea en el embarazo entre una madre y su hijo. Lo alimenta, respira, su vida depende de ella. Sin embargo, en el padre presente también se va generando un vínculo, a pesar de que no comparten funciones corporales. Puede que sea igual para una madre adoptiva.

—Lo lograría solo a través de un vientre que le diera vida a mi hijo, puesto que no puedo hacerlo yo.

La propuesta no llegó esa tarde. Ni salió de nuestras palabras, fueron semanas de hablar del tema hasta que ella misma lo propuso. Siempre ha pensado que fue su idea.

Fue perfecto que todo saliera al primer intento, el primer triunfo. Fara estaba embarazada. En su vientre se iba formando nuestro hijo tal y como ella lo expresó, con nuestra carne, nuestra sangre y nuestra genética, aunque el vínculo corporal nos sería ajeno a ambos.

Los primeros tres meses soñábamos con nuestro bebé. Yo me imaginaba que tendría la boca de mi esposo, o su inteligencia; él, que tal vez heredaría mi voz para cantar o mi carácter. Fara le daba vida en su vientre mientras nosotros se la dábamos en nuestra imaginación.

La imaginación es tramposa, sin embargo. Dicen que cada padre debe hacer a un lado la ilusión del hijo que formó en su mente, para darle paso al verdadero. Al ser con virtudes y defectos que en realidad es. Nosotros tuvimos que despertar de nuestro sueño demasiado pronto.

—Tenemos los resultados de las últimas pruebas —nos comunicó el doctor. El rostro nos dijo que algo estaba mal. Desde el inicio, por ser un embarazo diferente, se le hacían exámenes de todo tipo para verificar que el embarazo estuviera bien—. En el último análisis de sangre, en la prueba NACE, detectamos una anomalía en el feto. Tenemos una sospecha de que el producto presenta trisomía 21, lo que se conoce como síndrome de Down. No es sino hasta el segundo trimestre donde se puede hacer un estudio más exacto.

Llegué a pensar que los médicos solo me podían dar noticias que acabaran con mis esperanzas. El médico continuó hablando, escuché su voz como un susurro, en mi mente la voz de siempre me señalaba, «Te dije que no lo lograrías». Nos indicó que analizáramos la situación. Así moría nuestra única oportunidad de ser padres. Era la vida estirando ese hilo hasta que se revienta para golpearnos el alma.

El camino a casa lo dominó la tristeza enredada en nuestro silencio. Cada uno pensando en lo que debíamos hacer. Para Raymundo y para mí no hubo duda de que el camino era la interrupción del embarazo

—Será mejor que lo hablemos con más tranquilidad más adelante —indicó Fara, sin querer discutir más.

Los días siguientes fueron difíciles; no cambió nuestra decisión. Ella continuaba renuente.

—No lo haré —soltó la frase con el tono que no da cabida a otra opinión.

—No puedes decidirlo tú.

—Por supuesto que puedo. Es mi cuerpo, es mi decisión.

—Hablas de nuestro hijo.

—Sí... pero está en mi cuerpo. No soy una esclava, o una cosa que les pertenezca para que me indiquen, «ahora necesito que te embaraces, ahora, no».

—¿Intentas obligarnos a aceptar ser los padres de un hijo cuya vida será terrible? Nos condenas a jamás morir en paz, solo de imaginar lo que le suceda cuando no estemos a su lado.

Fara guardó silencio, respiró profundo y salió de la casa. Raymundo consideró que fue mejor no detenerla. Sin embargo, debí hacerlo. Lo último que supe de ella fue a través de una llamada telefónica. Se había ido de la ciudad. Un familiar estaba enfermo y decidió pasar sus últimos momentos a su lado.

—Aún no hemos terminado de hablar.

—Creo que todo está dicho. La esclavitud no es legal. La misma libertad que tuve al aceptar el embarazo de un hijo que no es mío, la tengo para decidir si mi cuerpo debe pasar el proceso de un aborto o no. Ustedes de igual manera tomaron su decisión, no quieren a su hijo. Creo que todo está dicho.

Colgó. Recuerdo que hablaba de una ciudad en un estado del norte, puede que Raymundo haya puesto más atención. Hablaba poco de su familia; nunca nos dio una dirección exacta. El único modo de comunicarnos era a través de un número de celular que no hemos querido marcar. Sabemos que el embarazo ha avanzado; hay dos cosas que podemos hacer: llamarla y decirle que regrese o renunciar a ellos para siempre.

LLAMADA

—No habíamos vuelto a estar todos juntos desde que atravesamos el pasaje—les recordó Fara.

Pasó más de un mes desde que la situación cambió. Mientras Fara lograba adentrarse en todos los pormenores del negocio, Fabiana de forma opuesta iba iniciando un nuevo camino. Por otro lado, Fausto por fin disfrutaba administrarlo sin la culpa de ver a su hermana deprimida.

—Sí, es cierto. Me encanta cruzarlo, pero no quieren que le cuente a Dafne.

—Es un secreto familiar, linda. Ya te lo hemos explicado — Kelia lo dijo con calidez.

—Compartir el secreto con ustedes fue liberador, de la misma manera, el cambio en mi perspectiva ha sido enorme. Hoy por hoy, empiezo a entender que puedo hacer muchas cosas más allá del negocio familiar. Si Mili quería que me diera cuenta de eso, puede decirse que lo logró.

Fausto se quedó mirando a su hermana. Si alguien le hubiera dicho hace dos meses que la escucharía aceptando la decisión de la abuela, lo hubiera tomado como una broma de mal gusto. Sin embargo, ahí estaba ella contándoles los éxitos que consiguió con su nuevo negocio.

—Lo que estás logrando es a través de tu talento.

—Gracias Fausto.

Él colocó la mano sobre la de Fabiana. En respuesta ella puso la otra encima de la de ambos mientras sonreía. Lo que más le agradaba de la nueva dinámica era poder sentirse cerca de sus hermanos, como antes. Poco a poco toda la rabia fue aminorando. Tenía esperanza que pronto el dolor de sentirse excluida se convirtiera en algo más comprensible.

—Por cierto, Fara, estas papas son deliciosas.

—Gracias Kelia.

—Y el departamento quedó súper *cool*. Me encantan los cojines de la sala.

—Se me había pasado contarles lo que descubrí gracias a Goyi.

—¡Ah! Es cierto, la caja.

—¿La qué? —Fausto arrugó la nariz.

El sonido de llamada del celular de Fabi interrumpió la conversación. El nombre de Marcial apareció en la pantalla.

—Es el tío, debo contestar... Por favor no empiecen la historia de la... ¿caja? ... sin mí. Tengo el presentimiento de que tenemos otro de sus secretos.

—¿Pregúntale cuándo vendrá? Dile que ya he visto otras películas de la serie.

—Voy a la sala a responderle, ahorita te lo paso para que le cuentes. ¿Te parece? —Goyi asintió mientras sus labios se tocaban con fuerza—. Hola, tío, ¿cómo estás?

Goyi observó a Fabiana mientras caminaba hacia la sala. Oía el murmullo de la conversación de los mayores. Sin prestar atención. Lo que quería escuchar era lo que Marcial le contestaba a Fabi.

—*Okey*, entonces ¿cuándo vendrás? Es importante... Sí claro, hablaré con el licenciado... Ajá... Ajá... Ajá...

Dejó de escuchar, Fara hablaba de la preparación del postre que era una sorpresa... Fausto y Kelia reían. Ella amaba ese sonido... Intentó recordar la risa de su padre.

—Voy al baño.

—¿No vas a hablar con tu papá?

—No... Voy al baño

Le hicieron una pregunta que no atendió. Su atención volvió a Fabiana. A través de la puerta entreabierta del cuarto de baño la escuchó.

—*Okey*, tío. Entonces será hasta esa fecha... Sí, haré todo lo posible... Si, claro, lo haré, no te preocupes... Me parece que

Goyi.... ¿Dónde está Goyi? —dijo, al tiempo que alejaba el celular de la oreja.

Murmullos incomprensibles.

Goyi cerró la puerta despacio.

DIBUJOS

Goyi se entretenía haciendo muecas frente a su reflejo. Le parecía divertido cuando estaba aburrida; sobre todo, en el espejo de ese departamento. Sobresalían unos bordes imperceptibles para los demás, que le daban un aspecto ridículo a los gestos creados.

Ya no escuchaba los murmullos, era posible que la llamada hubiera terminado. Se miró de nuevo, esta vez con el rostro estático.

—Tus ojos son enormes —le reiteraba Dafne. Su amiga los tenía pequeñitos, aun así, eran buenos para observar cosas que los demás no notaban—. Estás triste, ¿no? Pareces enojada... No tienes ganas de hablar.

Era mejor tenerla lejos. No le gustaba que se convirtiera en su espía.

—Te estima y por eso se preocupa por ti —le indicó la psicóloga durante la última sesión de terapia.

A Mrs. Martínez nunca se le acaban las preguntas. A veces encontrar la respuesta era confuso. Desde la primera ocasión que estuvo ahí, preguntaba y escribía o, escribía y preguntaba.

«¿Qué te parece vivir con Fabiana y Kelia?»

—Me gusta.

«¿Cómo te llevas con Fara?»

—Bien.

«¿Qué opinas de ayudar en la pastelería?»

—Prefiero que no.

«¿Cómo te sientes cuando te despides de tu papá?»

—¿Anotará todo lo que te diga siempre?

—Estoy haciendo tu expediente.

—¿Ahí va a caber toda mi vida?

—¿De ser así?, ¿qué tan gruesa crees que quedaría la carpeta?

Goyi encogió los hombros. No era importante. Estaba ahí porque Fausto lo pidió.

«Vas a jugar, dibujar, de todo, te la vas a pasar increíble».

«Así es, Goyi, vas a ver que el ratito con la licenciada se te pasará pronto».

Fabiana le dio la sonrisa que no oculta nada. A veces el gesto escondía cosas. Aprendió a reconocer las emociones detrás de la curva de sus labios.

La oficina era agradable, llena de juguetes y a veces la licenciada le pedía que dibujara. A Goyi le gustaban los colores. La música y pintar era lo que más la entretenía.

—¿Me explicas tu dibujo?

Goyi, Se acercó al escritorio. Le pidió que dibujara una familia. Lo primero que plasmó fue la casa, después, tanto el departamento de Fara como el de Fausto. El departamento de Fara estaba lejos, comparado con la proximidad del de Fausto con la casa principal. Dentro de la casa había seis personas, incluida Goyi, quien estaba en medio de dos personajes.

—¿Quiénes son ellos?

—Él es Fausto y ella es Fabiana.

—¿Qué están haciendo?

—Me cuidan. Ahora que no está la abuela.

A Fara se le veía en una posición intermedia entre estar adentro y estar fuera. Fausto era el dibujo más grande, aunque a todos les dibujó piernas largas. Ninguno parecía estar ocupado, solo estaban parados entre las paredes de la casa.

—¡Oh! Olvidé a papá.

Goyi tomó el dibujo de nuevo y colocó a su padre en la esquina superior derecha, con trazos débiles.

—Parece que vuela, ¿no te parece? —La niña la miró con picardía—. Puede que esté en uno de los aviones que lo llevan por el mundo.

—¿Quiénes son las personas a la derecha

La abuela estaba entre Fabiana y Kelia, de un tamaño un poco mayor a los demás con excepción de Fausto.

—Cuéntame de tu abuela—continuó la psicóloga.

La niña miró al suelo antes de volver a levantar el rostro y responder.

—Murió —torció la boca.

—¡Qué pena! Me imagino que la extrañas mucho.

—A veces.

—¿Solo a veces?

—El sábado pasado, anoté el gol que nos hizo ganar.

—¡Qué bien, Goyi!

—Fausto no pudo ir ese día, fue Fara. Ella no entiende nada del juego. —su risa llenó la oficina de Mrs. Martínez, quien asintió al escucharla.

—Se nos acabó el tiempo. Te voy a encargar una tarea para la próxima cita. Quiero que escribas las cosas que consideres importantes que hayas hecho durante la semana. Del lado izquierdo escribes lo que hiciste y del lado derecho me pones si te hizo reír, te asustaste o te dio tristeza.

El jueves escribió: «Práctica de soccer, me sentí feliz de anotar más goles». El viernes en la tarde escribió: «Fausto y yo comenzamos la serie de Grogu, reí mucho». El viernes por la noche: «Fabiana me hizo cenar lentejas, me revolvió la panza».

¿Qué escribiría del sábado? «Escondida en el baño para no hablar con mi papá por teléfono». ¿Vergüenza, miedo? ¿culpa? Sentimiento desconocido.

COMBINACIÓN

—¡Vaya! Pensé que te habías quedado dormida en el baño —bromeó Fabiana al verla regresar a la mesa—. Lo malo es que no pudiste hablar con tu papá.

La niña encogió los hombros. Tomó de nuevo su posición. Al sentarse colocó sus manos entre sus muslos, apretó los codos e hizo una mueca.

—Bueno, creo que es tiempo de que se sorprendan con el maravilloso postre que preparamos Goyi y yo.

La niña levantó los brazos y sonrió.

—¡Sí! Yo la ayudé.

—¿Te parece si ahora me das una mano para servir los platos?

Asintió.

—Yo parto los pedazos. Tú me ayudas acercando los platos y los colocas en la charola, ¿de acuerdo?

—¿Y podré ponerle crema pastelera?

—Después del primer bocado.

—¡Mmm! Bueno, está bien.

—Goyi... Sabes que todos nosotros te queremos mucho, ¿sí? —dijo Fabiana. La pequeña asintió—. El tío Marcial también. Lo que pasa es que su trabajo es demandante. Estoy segura de que en cuanto pueda, vendrá a verte.

Silencio absoluto. Se fueron a la cocina juntas.

—¿Ya les contaste de la caja? —preguntó Goyi mientras le pasaba los platos.

—No, aún no. —Fara levantó la charola y ambas caminaron hacia el comedor—. Lo haremos ahora, ¿te parece?

—Sí.

Cada uno tomó un plato. Tal como lo indicó su prima, la niña comió el primer bocado antes de poner la crema pastelera.

—Sabe rico.

—¿Ves?

Comenzó a llenar el pay con las motas de crema pastelera. Fara giró el cabello y la miró divertida.

—Hay una caja de secretos en la pared del clóset —Goyi sonrió al decirlo.

—¡¿Qué?! —preguntaron al unísono.

—Así es, la abuela Cami vino con Goyi a dejar unos documentos. La caja de seguridad está en la pared lateral del clóset.

—¡Vaya!, parece que a abue le gustaban los armarios como escondites de secretos.

—¿La han abierto? —interrogó Kelia.

—No conocemos la combinación.

—No olvides lo que me dijo: «Mi tesoro más grande guarda el secreto de otros tesoros». —le recordó la pequeña.

—¿Su tesoro más grande? Es complicado. —indicó Fausto frunciendo el ceño.

—Mili siempre decía que su tesoro más grande eran los libros de la biblioteca.

—¿Significa que la combinación puede estar en algún libro, Fab?

—Pudiera ser.

—Pues el único libro que tengo de la biblioteca fue el que tomé de la oficina, ¿recuerdas, Fausto?

—Recuerdo que te lo llevaste, pero no el título del libro.

—*Cuando el árbol canta.* Me llamó la atención porque recordé que solía sentarse frente a la ventana, según ella porque deseaba escuchar al árbol cantar; «Al hacerlo es porque los espíritus de los muertos vienen a visitarnos». —Fara imitó la voz de la abuela—. Me asustó con esa frase.

—Yo tengo el mismo libro guardado, tal y como lo encontré. Me conmovió conocer la página que estaba leyendo minutos antes de morir.

—¿Cuál era la página? —preguntó Fausto.

—Ciento cuarenta y seis. La recuerdo perfectamente.

—Yo no recuerdo la página, pero no he movido el separador. Según yo lo empezaría a leer, pero no me he dado el tiempo ni de abrirlo

—¿Dónde lo tienes? ¿Puedes ir por él?

—Claro, Fausto, permítanme.

—¿Qué estás pensando? —preguntó Kelia.

—No estoy seguro, es una simple idea.

Fara volvió con el libro en la mano.

—Ciento noventa y seis.

—La combinación tenía seis números. Los conté cuando ella los marcó.

—Podemos intentarlo —propuso Fausto.

—Vamos —Dijeron todos al unísono, luego se levantaron de la mesa para probar la combinación.

La primera en llegar fue Goyi. Abrió las puertas del armario y jaló los ganchos con la ropa hacia la izquierda para que todos pudieran verla. Le dio unos golpecitos a la pared lo que hizo que se abriera un cuadro que mostró la puerta de la caja de seguridad.

—¿Puedo marcar los números?

—Hazlo —le pidió Fabiana—. Uno, cuatro, seis.

—Uno, nueve, seis —terminó de dictarle Fara.

Goyi giró la manija. Nada sucedió. Fausto lo intentó también; no era la combinación.

—Ahora probemos el uno, nueve y seis primero.

La pequeña los marcó. Giró de nuevo la manija. La caja siguió tan cerrada como siempre. Callaron hasta que Kelia rompió el silencio.

—Probemos al revés. Seis, nueve, uno, seis, cuatro, uno.

—Márcalos de esa manera.

—Sí.

—Inténtalo

—Ok. Seis, nueve, uno, seis, cuatro, uno. Listo. ¿Alguien quiere probar?

—Yo lo haré. —Fabiana se acercó insegura, tomó la manija y la giró mientras parpadeaba expectante.

La puerta se abrió. Dentro encontró unas cartas y un cuaderno. Entregó las cartas a cada uno, cogió el cuaderno y lo atrajo a su pecho. Las manos le temblaban al hacerlo. Después de abrazarlo por unos segundos, decidió investigar en el interior.

—¡Son recetas!

CARTA

Fausto guardó su carta en el bolsillo del saco. Cuando Fabiana se la entregó, sintió el deseo de abrirla; sin embargo, optó por leerla a solas. Las demás hicieron lo mismo, solo Goyi rompió el sobre de inmediato.

—«Mi pequeña Gía» ... ella me llamaba así —dijo con la voz quebrada antes de continuar la lectura en voz alta.

»Has sido tan excepcional en mi vida, que me es difícil despedirme de ti, más que de nadie. Entiendo que al leer estas líneas ya no estaré contigo de forma física, pero la energía de mi ser, que algunos llaman alma, esa, no te abandonará nunca.

»Sé que habrá momentos duros en tu vida, igual que en la de todos, te pido que recuerdes que cada decisión que tomé desde que te conocí, la hice pensando en tu bienestar.

»Nunca dudes de mi amor y de que permaneceré en ti, aun si mi nombre te pareciera chocante...

» La abuela Camila, que te ama... por siempre.

—¿Por qué piensa que su nombre es chocante?

—No lo sé, linda. Creo que ella hablaba de su ausencia.

—A veces entender a Mili era difícil. Era misteriosa.

—Guarda la carta, guerrera, cuando pasen los años, es posible que te sea más fácil entender de qué hablaba.

Fara guardó silencio, las palabras de la abuela Cami tenían un trasfondo que implicaba otros secretos escondidos. alguno que le dolería a Goyi de una forma directa. Sintió el estómago revuelto. Decidió entonces que su vida no estaría cargada de misterios y medias verdades.

—No es el momento de cambiar de tema, pero voy a contarles toda la historia de mi embarazo.

RESPONSABILIDAD

Fara acomodaba la ropa recién lavada en el armario. Al colgarla observó la caja de seguridad que les trajo un poco de Cami de nuevo. Recibir sus palabras por medio de una carta le trajo mucha nostalgia de los días en que todos, en algún momento, buscaron alivio en sus palabras y consejos.

Cada frase de ese papel le ofreció un apoyo que ni ella misma sabía cuánto necesitaba. «Hay una vida de la que tienes que hacerte responsable», recordó lo leído.

Fausto se quedó callado cuando les contó sobre los problemas del nene. Kelia acarició el brazo en señal de apoyo. Fue como un, «estoy contigo hagas lo que hagas».

—¿Entiendes todo lo que conlleva esta situación? Hay unos padres que no desean un hijo en esas condiciones. ¿Qué va a pasar con ese bebé? —Fara no encontró palabras para objetar. Fabi suspiró. Intentaba ser lo más objetiva posible ante ese escenario, pero le resultaba difícil entenderla. Ella jamás hubiera aceptado una situación donde en su cuerpo se gestara, no solo un ser, sino las decisiones que competían a otras personas.

—¿Nos podemos quedar con él?

—No es tan simple, Goyi. Es una situación compleja —indicó Kelia.

—Yo digo que es fácil. Se queda aquí y su mamá y su papá pueden venir a verlo. Así como a mí.

—Es diferente, guerrera. Nosotros somos tu familia, y él tiene la suya.

—No les gusta porque sus ojos serán chiquitos y hablará raro. El primo de Dafne es así y jugamos con él igual que con los otros.

—No nos habías contado, ¿o sí? —preguntó Fara.

Goyi alzó sus hombros. «Los mayores son raros», pensó. «Les gustan las preguntas sin respuesta».

—¿Puedo comer más pay?

—Ven. Iré contigo. —Kelia la tomó de la mano y avanzaron hacia la cocina—. Nos serviremos un enorme pedazo, ¿Te parece?

—Bueno... —Fabiana suspiró profundo antes de hablar de nuevo—, nadie puede ordenar sobre tu cuerpo, tomaste tu decisión, ahora, dime, ¿Has pensado que es lo que sigue? ¿Pedirás la custodia?

—No sé lo qué pasará. Es que... Todo esto no tendría sentido si ese bebé dejara de existir. Se supone que es su deseo el que se está cumpliendo a través de mi cuerpo, ¿entonces nada de lo que pasamos tuvo propósito?

—Eso explica tu perspectiva, la de ellos es que no desean ser padres de esta manera. ¿Has pensado en la vida de ese niño? ¿Su perspectiva?

—¿Cómo puedo saber lo que pensará?

—No me refiero a su opinión, que es obvio que no la tendrá en muchos años, hablo de sus perspectivas en la vida. ¿Cuál sería su futuro? ¿Qué sucederá cuando sus padres ya no estén? —La miró con confusión. Bajó la cabeza, de nuevo sin una respuesta—. Consultaré a un abogado sobre las opciones que tenemos. Era tu derecho a decidir, pero si se acepta un derecho, se tienen que aceptar las consecuencias. Por eso a muchos les asusta la libertad.

Fara se quedó unos minutos sentada en la cama acariciando la ropa que aún le faltaba por acomodar. Al optar por ser madre sustituta, ni por un momento pensó hasta dónde la arrastraría la realidad. En la imaginación todo iban a ser tan perfecto como en las películas que hacen pensar a los ilusos que la vida es fácil.

Abrió el cajón y releyó algunas partes de la carta:

Te conozco y pienso que es probable que no te hayas dado el tiempo suficiente para analizar el alcance de lo que vives ahora... Toma un respiro cuando lo enfrentes, cariño. Recuerda que cada elección nos trae una consecuencia que debemos aceptar. No sabes cuánto lamento no estar ahí contigo en este y en todas tus situaciones importantes. Te amo, cielo. Respeto tu vida, aunque no deja de asustarme un poco el giro que ha tomado».

—A mí también Cami, a mí también.

PERFECCIÓN

«La mujer perfecta no existe, cielo. De la misma forma que no existe el hombre perfecto. Todos hemos sido construidos a costa de los errores y aciertos de la persona que nos educó, por eso, es necesario deconstruirnos».

¿Deconstruirnos? Fausto recordó la primera vez que la abuela oyó la palabra. Escuchaban un programa en la radio. Desde ese día ella comenzó una búsqueda incesante por entenderla, analizaba todo texto que caía en sus manos acerca del término.

—¿Sabes qué es lo mejor que he descubierto?

—¿Qué?

—Que aún a mi edad, puedo deconstruirme. Es fascinante descartar falsas creencias, falsas reglas y renovar las ideas. Aún a mi edad.

Fausto cruzó los brazos. No recordaba que ella se hubiera apegado a reglas arcaicas, incluso, antes de conocer esa palabra. Su abuela era el ejemplo mismo de la deconstrucción.

—Por supuesto. Lo haces siempre. A mí me pareces una mujer sin edad.

Ojalá esas palabras se hubieran transformado en realidad. Una mujer sin tiempo, sin espacio, sin muerte. Una mujer infinita, no solo en lo espiritual. Si pudiera estar aquí de nuevo, él se quitaría las etiquetas de hombre fuerte que le imponen los de afuera, y se acercaría a ella con la tristeza rebelada en cada poro de la piel, con la honestidad entretejida en sus palabras y en la humedad de las lágrimas.

—¿Qué debo hacer, abuela?

Se estremeció al sonido del celular. Se echó a reír ante el segundo incoherente en el que imaginó recibir su llamada para responder sus dudas.

Otro nombre apareció en la pantalla.

Ese nombre...

—Hola.

—Pensé que igual que tantas veces, ignorarías mis llamadas.

—No las ignoro, solo no las contesto.

—¿Y no es lo mismo?

—No. Ignorarlas implicaría no pensar en ellas.

Una pequeña risilla seguida de un largo silencio.

—Quiero verte —No era una pregunta, expresaba nada más que su deseo. Reducía el de él con el tono sensual de la voz.

¿Debería renunciar a su propia voluntad? ¿O acaso era necesario enfrentarla de una vez por todas?

—¿Por qué? —escuchó su voz como un murmullo, sin fuerza suficiente para terminar las dudas.

—Extraña pregunta, ¿no te parece? ¿Nos vemos en el bar de siempre?

—Es más extraño que no merezca una respuesta.

—Fausto, no empieces. La única respuesta necesaria ahora es si deseas verme, tanto como yo.

Un largo silencio, un resoplido, seguido de la respuesta.

—Te veo el sábado a las diez.

PARTIDO

La harina de almendra le dio un sabor impresionante a los bizcochos que Fabi preparó para el equipo. Se levantó temprano. Batió las claras de huevo que había dejado a temperatura ambiente la noche anterior. En otro recipiente mezcló la harina de almendra, la de arroz, la mantequilla derretida, el azúcar y vainilla. Cuando la consistencia quedó sin ningún grumo, incorporó las claras de huevo con un movimiento envolvente de manera que el bizcocho quedara esponjoso. Vertió la mezcla en los moldes y los llevó directo al horno durante media hora a una temperatura de ciento ochenta grados.

Mientras esperaba que la mezcla inflara y se convirtieran en pequeños pastelillos, preparó el betún; suavizó el queso crema y el requesón, incorporó la azúcar granulada y por último un chorrito de vainilla. Por ultimo vertió el colorante; verde esmeralda, en combinación con el equipo. Aspiró el olor dulce del requesón y la vainilla antes de tomar un poco con el índice.

A continuación, se metió en la bañera. Necesitaba unos minutos relajada sin pensar en la pastelería, en su nueva actividad, en los problemas de Goyi, y sus hermanos. Concentrarse solo en las burbujas sobre el cuerpo.

Fausto mordisqueó uno de los pastelillos que Fabi llevaba en una bandeja. Ella le recriminó con la mirada. Él sonrió, al igual que Goyi, que los observada a ratos, desde su posición en la cancha, no tan cerca de ellos en la tribuna.

Este partido decidiría si el equipo femenil pasaba a la siguiente ronda. La pequeña sintió el corazón acelerarse. Su propósito era no defraudarlo, no después de todo lo que logró con el propósito de que la escuela las apoyara. Dafne mejoró mucho su defensa; Mariel en la portería no le permitiría entrar ni a una mosca; Goyi practicaba todas las jugadas que conocían, incluso algunas que creó. Era necesario ganar. Por él, por todas, por ella misma.

Fabiana estaba a su lado, Fara y Kelia tuvieron que trabajar; no era importante, ellas no disfrutaban del juego. Fabiana, en cambio, no se perdía los partidos. Fausto... pues era él, qué más daba lo que supiera del futbol. La entendía y eso era lo que contaba.

—¡A la derecha, Dafne! —gritaba Rangel—. Ciérrate, Mariel. No dejes espacios.

La entrenadora del equipo contrario rugía igual de fuerte, al dar instrucciones a sus jugadoras. Los ojos de Goyi mostraron un brillo divertido. Cuando tuviera la edad, ella misma podría ser instructora del equipo femenil de alguna escuela.

El balón llegó a sus pies e interrumpió sus pensamientos. Un paso, dos, una vuelta para burlar a la contrincante, la pelota hacia adelante con el empeine, hacia atrás con el talón, una nueva vuelta, avanzar y un remate... El gol que conseguía el pase a la siguiente ronda llegó, lo que quedaba era que la defensa no cediera en la ventaja de dos goles.

Sus compañeras la abrazaron, las camisetas verdes esmeralda se unían agradeciendo la ventaja que la anotación logró. Se abrazaban felices; giró hacia ellos, Fabiana aplaudía con euforia mientras Fausto volvió a sonreír. De nuevo el corazón se le aceleró. No le falló.

De nuevo a su posición, a esperar los terribles quince minutos antes de que el árbitro silbara el final de ese tormento. Dos veces estuvieron a punto de que el equipo contrario anotara un gol. Eran buenas, sin duda, pero ellas tenían que ser mejores. La portera detuvo ambos tiros. Era una heroína.

—¡Así, Mariel!, sigue así —La voz rasposa de Rangel la animaba mientras aplaudía los aciertos.

A Goyi se le escapó una risilla burlona al recordar que los chicos no lo habían logrado. Buscó al profesor Antúnez entre los asistentes. Estaba en la última fila, cruzado de brazos, con el rostro impasible.

CUADERNO

El cuaderno de recetas, cerrado, sobre la barra de la cocina. La mirada de Fabiana fija en él. Cien hojas aproximadamente, solo la mitad escrita. No era un simple recetario, era el guardián de los pensamientos de Mili.

Lo tomó de la caja de seguridad como si fuera su legado. Lo lógico era que le pertenecía a Fara puesto que lo colocó en su departamento. Pero un sentimiento más fuerte que la razón pareció unirla a este.

—Me gustaría quedármelo, ¿puedo?

—Es tuyo, creo que de alguna manera todos sabemos que es para ti, aunque se encontraba en mi pared.

Las palabras de Fara y la aprobación de los demás le confirmó lo que sintió al tocarlo. Le pertenecía.

Apenas había hojeado algunas páginas. Las dos o tres recetas que leyó le parecieron originales; la creatividad de ingredientes y procedimientos le erizaron la piel.

—¿Crees que mirando la pasta del recetario por horas aprenderás el contenido? —Las palabras bromistas de Kelia la devolvieron al momento y espacio real.

—Son increíbles. Las recetas son como un tesoro.

—¿Pasteles?

—No. Al menos las pocas que he visto son menús completos, un aperitivo, una entrada y un plato principal en una combinación perfecta, pero antes de las recetas, Mili cuenta el momento en el que las creó. Escucha:

«Emilio decidió el menú de la boda. Temerosa, sugerí un menú original. No tuve valor de decirle que yo lo había creado. Una mirada rápida, luego un *no sirve*. Sin analizarlo. Le pregunté la razón, su respuesta fue: "¿Recuerdas alguna ocasión en la que hayas comido este menú en alguna fiesta importante?". Supe lo que me esperaba a su lado. Aun así, preferí cerrar mi mente y no aceptar que unirme a él sería un error».

—¡Guau! No tenía idea de lo dominante que fue tu abuelo.

—Ni yo. Es difícil imaginarla sometida. La Mili de mis recuerdos era una mujer fuerte que se hacía escuchar.

—Creo que la conociste en otra etapa... ¿Ya leíste la carta?

—Aún no.

—¿Por qué?

—Tengo miedo. He deseado una explicación a sus decisiones, ahora siento que la carta está llena de ellas y me aterra conocerlas.

—Date tu espacio, cuando estés lista, lo haces. Estoy segura de que lo que encontrarás será bueno. Sé cuánto te amaba.

—Ojalá sea así.

—¿Y tu carta? ¿Qué te decía?

—Igual que tú, espero el mejor momento... ¿Y ese menú que leíste, tiene postre?

—No lo sé —respondió, al tiempo que tomaba el cuaderno para buscar la última página leída—. Claro... La combinación perfecta.

—Deberías hacerlo. Me refiero al menú completo.

—Tienes razón. Lo haré en su honor. Cocinaré lo que ella debió ofrecer en la boda.

—Podríamos invitar a los muchachos.

—Sí.

—¿Crees que alguno haya sido preparado? No sé, en una cena familiar o en un evento importante.

—Puede ser, aunque ya sabes que las cenas navideñas, por ejemplo, siempre tenían comidas tradicionales.

—Los cumpleaños se enfocaban siempre en el pastel, helado, tal vez.

—Sí... Aunque...

—¿Qué estás recordando?

—Una cena especial. Nunca supe qué celebrábamos; comimos platillos distintos. Mili parecía nostálgica. El tío Marcial llegó a casa, él también estaba apagado. Nunca entendimos cuál era la ocasión.

—¿Recuerdas lo que comieron?

—Creo que sí.

—Búscalo en el recetario. A lo mejor ahí encuentres alguna respuesta.

MARCO

Kelia suspiró; había buscado en cada rincón; en cada espacio lógico e ilógico. La llave no aparecía por ningún lado.

Fabiana estaba en la cocina entretenida con los pastelillos. Al igual que ella, abrir la carta le generaba conflicto. Ese pedazo de papel le parecía una recriminación por la falta de empeño en su labor.

—Camila, estos enredos tuyos me ponen nerviosa.

Se asomó por la ventana de la recámara. Afuera el viento provocaba una revolución entre las plantas del jardín, parecida a la de su interior. Por un lado, la curiosidad de saber el contenido de la carta, por otro, sentía que le estaba fallando por no resolver el misterio del joyero.

Suspiró de nuevo. En una decisión repentina, sacó la carta del cajón donde la había guardado y se dirigió a la habitación de Camila. Sintió que era el escenario indicado para leerla.

Sentada frente a la coqueta donde Camila acostumbraba a hacer sus diseños, recordó las palabras de Camila al encargarle la tarea. Había revisado el contenido de ese cajón muchas veces sin resultado. Lo sacó del riel y revisó cada espacio; ni rastro de esa llave.

Dudó unos segundos antes de romper el sobre. Lo hizo con lentitud. Leyó la carta. Lo usual, una despedida, comentarios amables hacía ella. Hasta llegar a un párrafo que llamó su atención:

«Por fin descubrieron las pistas de la combinación y lo mejor de todo, encontraron la caja de seguridad, ¿eh? Gracias a eso, la carta llegó a sus manos».

—Tú y tus juegos, mujer.

Caminó hacia el cuadro de la pared. La mirada tranquila de la joven Camila la hizo sentir culpable. El compromiso adquirido la estaba asfixiando.

«No tengo idea si ya has encontrado la llave. Si lo has hecho, estas cartas serán recibidas de una manera diferente. Tengo la esperanza que sean lo primero que hayan descubierto. Confío en la elocuencia de Goyi».

—A cada uno le encargaste una tarea, ¿no es así? ... Pues parece que todo está saliendo de acuerdo con tu plan.

Volvió a la ventana, todo era quietud. El viento había amainado. Contrario a su interior.

«Es posible que hayas tardado, pero estoy segura de que no destruirías la cajita. Por eso, te diré que la llave está escondida en el marco de la puerta de mi recámara».

Soltó la carta que cayó al suelo, bajo la ventana. Corrió hacia la puerta y buscó algún recoveco en el marco. Encontró varios... vacíos. Se puso de cuclillas para buscar en la parte inferior. Se concentró tanto, que no escuchó los pasos que se acercaron.

—¿Qué haces? —La voz de Fabiana sonaba divertida.

Dejó de buscar, luego se levantó. Giró hasta quedar de frente.

—Busco una llave que abrirá otro secreto.

Fabiana frunció las cejas, desvío la mirada y aspiró un poco de aire.

—Yo la tengo.

ACERTIJO

Una tarde, algunos años atrás, Fabiana salió al jardín. Observó a Camila que limpiaba sus lágrimas. Pocas veces la había visto llorar: con la muerte de Fernanda y Francisco o cuando tuvo que dormir al pequeño chihuahua. En otras situaciones que no implicaran la despedida final, solía actuar de forma tranquila, sin dejarse llevar por el sentimiento.

El tío Marcial la llamó. Fabiana supuso que esa plática tuvo que ver con ese llanto.

—¿Quién murió?

—¿Qué te hace pensar eso?

—Tus lágrimas.

Suspiró con lentitud mientras observaba las plantas.

—Me estoy haciendo vieja, linda. No te sorprenda que mi humor cambie con los años.

—El tío Marcial te dijo algo, ¿no es así?

—Los viejos tenemos muchos recuerdos. A veces reímos al acordarnos, otras, nos gana la tristeza. Los años se nos fueron demasiado rápido, igual hemos vivido tanto, que a veces esos instantes guardados en la memoria se nos salen del cuerpo en forma de risas o de llanto.

Fabiana acarició su mano. Era suave, aunque mostraba los estragos de la edad en esas pequeñas líneas en el dorso.

—Tú eres siempre alegre, llena de juegos y acertijos. No quiero que eso cambie, disfruto verte dándonos pistas de nuestros regalos. No estés triste.

Las carcajadas de la mujer resonaron en ese jardín. Sus ojos brillaron por la humedad de las emociones anteriores, pero está vez, reflejaron el cariño de su nieta.

—Te prometo que hasta que muera, no dejaré de hacerlo. Puede que ni entonces.

Fabiana negó con la cabeza, no le gustaba hablar de muerte. El frío de la tarde la hizo temblar. Mili sugirió entrar a preparar la merienda.

Semanas después tío Marcial le trajo la alegría disfrazada de un ángel llamado Goyi. La promesa que le hizo entonces, de seguir jugando a los acertijos aún después de su partida, le hizo recordar ese suceso.

—¿Estás segura de que se encuentra aquí? —La voz de Kelia la volvió al momento que estaban viviendo, en el que removían cada cosa en un intento por encontrar la llave.

—La coloqué en el bolsillo del pantalón, ya lo he lavado varias veces. Debí sacarlo antes de hacerlo.

—Pues no parece estar en ningún lado.

—Debí haberla puesto en algún cajón.

—No hemos buscado en el patio, y... ¿si la pusiste en el estante de la lavadora?

Fabiana abrió los ojos y salió corriendo sin responder.

—Espérame.

Kelia salió detrás de ella.

Encontraron la llave justo en el primer estante. El brillo del metal semejaba las pupilas de la abuela cuando alguno de sus nietos descubría el escondite de los regalos.

—La encontramos —Fabiana emitió grititos de alegría. Kelia, no obstante, la miró con seriedad.

—Tengo miedo.

—¿De qué?

—No lo sé... Cuando me indicó esta encomienda, me dio la impresión de que hay un secreto que puede cambiar muchas cosas en esta casa. —Tomó su mano—. Me alegra que estés conmigo.

—¿Ahora?

—No. Goyi llegará pronto de la escuela. ¿No te parece mejor en la noche que esté dormida? Me gustaría que nadie más que tú y yo estemos presentes cuando abramos ese joyero.

BAR

Los rizos de Eirin resaltaban entre todos. Fausto la hubiera descubierto desde cualquier posición. Ella se había sentado en la barra leyendo el celular. El largo del vestido apenas cubría el principio de sus muslos cruzados; un pie en el estribo y el otro en un balanceo indolente. El dedo índice enroscaba un mechón, mientras fruncía la boca. Fausto sonrió, era probable que estuviera leyendo el mensaje.

«Llegaré un poco tarde».

Era la primera ocasión que ella llegaba antes que él. Fausto envió el mensaje cinco minutos después de la hora acordada. Ella entró al bar a las diez quince. La vio desde lejos. Se estacionó una cuadra antes. Quería presenciar su llegada.

La observó unos segundos más. Eirin colocó el teléfono sobre la barra como si le quemara las manos. Tomó el rostro entre las manos y los codos junto al celular con la mirada perdida.

Fausto se acercó justo en el momento que ella tomó el celular y se levantaba de la silla.

—¿Ya te vas? Te he esperado más tiempo.

La chica giró sorprendida al escuchar su voz.

—Creí que me tendrías esperando, para después decirme que no vendrías, igual que la cita pasada.

—Aquí estoy.

Lo miró como si dudara de lo que debía hacer o decir. Levantó una ceja con sarcasmo, volvió a colocar el teléfono sobre la barra y se sentó como una reina que le concede un deseo a un plebeyo.

—Me gusta esta zona, ¿o prefieres sentarte en alguna mesa?

—Está bien aquí. No estaremos mucho en este sitio, ¿o sí?

Una sonrisa como respuesta una vez más. Fausto suspiró, se preguntaba cuándo podría comenzar a negarse al poder de ese gesto tan común en ella.

—¿Qué estás tomando?

—Lo de siempre.

—Así parece. —Fausto levantó una ceja y asintió. Se dirigió al cantinero—. Tomaré lo mismo.

—Sobre lo que pasó...

—¡Shhh! —Pasó un dedo desde la nariz hasta la barbilla—. Estás aquí hoy. No importa el ayer.

—Ni el mañana.

—Así es.

—Así es siempre contigo.... ¿Eres libre, Eirin?

Ella frunció las cejas al tiempo que movía la cabeza en negación.

—¿No te has dado cuenta de mi amor por la libertad?

—Me refiero a si tienes alguna otra relación, ¿me explico?

—¿Otra? ¿Cuál es la primera?

Fausto frunció el ceño y giró el rostro hacia otro lado.

—Entonces, ¿qué es lo que tenemos?

—Por favor, bebé. —Ella lo tomó de la mano—. No empecemos a ponerle nombres a la vida. Estamos viviendo, solo eso. No lo arruinemos con estereotipos.

—¿Qué sería tener una relación para ti? Un hijo, quizás.

Soltó su mano unos segundos, luego volvió a tomarla y la sonrisa de siempre volvió.

—¿Nos vamos? —Se levantó de la silla, le besó la oreja y le dijo—. Creo que el ambiente se puso pesado.

«Dile que no».

—¿Me vas a decir que viniste a tomar un trago y a discutir filosofías aburridas?

Le parecía tan hermosa. la piel suave, labios carnosos, cabello rizado y la sonrisa cínica que complementaban a la mujer que él conocía. Tan lejana de aquella que vio tomada de la mano de la pequeña, preocupándose por su bienestar. Una mujer a la que no le permitía acercarse. Esta, frente a él era la única a la que le daba acceso.

—Vamos, pues.

MATERNIDAD

La voz de Sonia parecía tranquila del otro lado de la línea, a diferencia de Fara, que no lograba que las palabras que ensayó salieran de la garganta.

—Necesitamos hablar. —Fue lo único que atinó a decir.

—Así parece.

—¿Puedes venir?

—Sí. Tengo que hacer algunos arreglos en mi trabajo. Creo que para Ray será imposible.

—Está bien.

—¿Este es tu número ahora? Es el fijo, ¿cierto?

—Sí. Llámame para darte los datos.

—Hasta luego.

—Hasta luego... ¿Fara?

—Dime.

—¿Cómo está?

—Creciendo, moviéndose mucho, pateando todas las noches. Está... vivo. Yo estoy enorme ahora... Cada segundo es más pesado.

—...

—Sonia yo...

—Dejemos las palabras para el momento en el que estemos frente a frente. Hay demasiadas cosas que hablar. No quiero que este sea el medio... Te llamaré pronto.

Fara se quedó largo rato mirando al teléfono mientras peinaba la cabellera con las manos. En su imaginación surgieron muchas respuestas, negativas, positivas. En algunas, Sonia sonreía feliz de escucharla, en otras, su enojo era total, por lo que le decía que no deseaba escuchar de ella nunca. La pasividad que mostró, sin embargo, no la había vislumbrado. No le pareció enojada, feliz, ni siquiera sorprendida.

«¿Pedirás la custodia?» Recordó la pregunta de Fabi.

¿Pedirla? ¿Sería capaz de criar a un niño? No se imaginaba a sí misma como una madre. No estuvo en sus planes, mucho menos a su edad. Era una responsabilidad enorme. Lo fue desde que decidió que su cuerpo sería un medio para darle vida al hijo de otros, si bien, no alcanzó a apreciar todo lo que implicaba. Camila tuvo razón, no se dio oportunidad de analizar cada escenario. No imaginó que en uno de ellos existiera la posibilidad que el niño quedara a su cuidado.

¿Y si fuera capaz de convertirse en madre? Y si al conocerlo llegara ese sentimiento que dicen que las mujeres sienten al ver a su ...hijo. Quizás las hormonas lograran su cometido y la unieran a ese nuevo ser que tendría pronto en sus brazos. Por ahora, él significaba un dilema. Un problema sin solución.

—Desearía que estuvieras aquí, Cami. Que me dieras un abrazo, de esos que tú sabías dar, que reconfortaban el alma y te hacían sentir acompañada aún después de mucho de haberte soltado.

Cerró los ojos y cruzó los brazos en un intento por sentir aquella caricia que la alejaba de los problemas. Suspiró profundo y recordó sus palabras.

«No olvides que puedes volver cuando lo necesites».

Las lágrimas le humedecieron el rostro. Se recostó sin dejar de apretar su cuerpo.

—Necesito volver, Cami, quiero volver a ti, pero ya no se puede.

PESADILLAS

La luz de la lámpara iluminó la habitación. Kelia tocó el rostro de la niña que estaba bañado en sudor.

—Despierta, Goyi. —La niña se incorporó y abrazó a la chica con fuerza—. Era un sueño, linda. Ya viene Fab con uno de esos tés para que te sientas mejor.

El abrazo duró largo rato. Kelia acariciaba el cabello de la niña mientras le hablaba casi en un susurro.

—Todo estará bien. ¿Te gustaría que te cante?

La niña negó con la cabeza.

—Claro que no, con tu voz la vas a asustar en lugar de reconfortarla —Fabiana entró con una bandeja en la mano.

—Nunca te cantaré cuando tengas una pesadilla.

—¿También tú tienes pesadillas?

—Claro que sí, todas las personas podemos padecerlas, luego te despiertas y ves que no son reales y el miedo pasa... Mira te preparé una infusión de cáscara de plátano con canela que te va a encantar, además de ayudarte a estar más tranquila.

—¿Sabe feo? No, ¿verdad?

—Claro que no. Toma un sorbo y si no te gusta, lo dejas. Anda, siéntate bien para que puedas probarlo.

Kelia sintió una punzada en el estómago Era el miedo. Intuía que la llave abriría secretos que lastimarían a Goyi. Las pesadillas de la niña se hicieron más frecuentes tras la ausencia de Camila. No deseaba que un nuevo secreto la dañara más.

—Está rico.

—¿Ves? No debiste dudarlo. Todo lo que te doy sabe delicioso.

—¿Recuerdas lo que soñaste, linda?

—No. —La expresión del rostro fue melancólica. Bajó la mirada a las cobijas. Ellas entendieron que mentía en un intento por olvidarlo.

—Vuelve a dormir. Nos quedaremos aquí hasta estar seguras de que tu sueño es tranquilo —indicó Fabiana.

—Sí, pero ¿puede seguir la lámpara prendida?

—Por supuesto, tesoro.

—Ojalá en la vida todo fuera tan sencillo como dejar una luz encendida.

Kelia no respondió. Recordó la enfermedad de su madre. La luz encendida del buró que imaginaba se llevaría las jornadas oscuras. No sucedió, aunque aprendió a encontrar algo de luz entre la oscuridad.

ENCUENTRO

Fausto subió la escalinata de prisa. Iba con el tiempo justo de llegar a la oficina de la directora. Le pidió que se presentara media hora antes de la salida. Le explicó que la psicóloga de la niña iba a estar presente y se tocarían temas importantes.

Él lo entendió. Aunque la niña simulaba disfrutar sus actividades, en el fondo aún resentía el abandono de su padre y la pérdida de sus madres, la biológica y la abuela que asumió ese papel. Solía preguntar por la primera hasta que se rindió al no tener respuesta. Ninguno de sus primos sabía quién era. Camila solo cambiaba de tema ante sus preguntas. Hasta que en apariencia desaparecieron. Fausto entendió que se transformaron en aguijones que lastimaban con frecuencia. El dolor de las dudas silenciadas se vuelve crónico hasta que el cuerpo lo considera una parte de sí mismo.

—El duelo que ella enfrenta —La voz de la psicóloga lo regresó a la oficina de la directora— es complejo. El padre ausente no es una ayuda para superar la pérdida. Siente la lejanía como un rechazo que de alguna manera le provoca una culpa. Esto puede traer consecuencias a largo plazo.

—La he visto bien. Es decir, me parece menos nostálgica.

—Eso es peor. A veces un niño no soporta la ansiedad que le provocan este tipo de situaciones por lo que finge que no le preocupa.

—¿Eso explicaría sus pesadillas? —La mujer asintió—. ¿Y qué podemos hacer?

Estaban sentados uno al lado del otro. Pudo ver la tensión del cuerpo de la psicóloga, cómo se movían las manos y los gestos de la boca al hablar. Más que entender las palabras, advertía la frustración que reflejaba su cuerpo. Fausto temió que se hubiera dado por vencida.

—Mi recomendación es turnar el caso a un especialista en tanatología. Será de mucha ayuda para la niña. Conozco a un par de psicólogos con esa especialidad que trabajan con pacientes de la edad de Goyi.

—¿No ha observado ningún avance?

Ella suspiró y giró la vista hacia sus manos. Unos segundos después respondió.

—Goyi no se ha podido abrir conmigo. A través de algunos de sus dibujos, puedo apreciar la situación, pero es necesario que ella aprenda a darle un cauce a esas emociones y sentimientos que la perturban. Para ello, tiene primero que enfrentar sus pérdidas.

Eso lo puede lograr con el buen manejo de un profesional de la tanatología, que la iría llevando en ese proceso.

—Entiendo.

—Goyi es una niña sensible, usted debe saberlo mejor que nosotros. He analizado cómo los describe. De alguna manera, ustedes, sobre todo usted, como figura masculina, han sido la fortaleza de la pequeña. No podemos cambiar la situación que vive con su padre, o desde la parte femenina la falta de su madre y la de su abuela. Sin embargo, ella tiene que aprender a vivir de esa manera y aferrarse a lo que tiene.

—Tengo entendido que la madre murió. ¿No es así? —intervino la directora.

—Así parece. No sabemos mucho de cómo se dieron los hechos, en ese sentido tenemos la misma información que ella.

—Comprendo que no haya una forma de solventar esas situaciones ambiguas. Debemos trabajar con lo que está a nuestro alcance. Estos son los datos de los dos especialistas que le digo. Al que usted llame, le dará un tratamiento adecuado, se lo aseguro.

Fausto tomó las tarjetas que la psicóloga le entregó y las guardó en el bolsillo. Decidió que sería Fabiana quien eligiera. Ella era mejor que él tomando decisiones.

—¿Eso es todo lo que deben informarme?

—De mi parte sí. Si no hay otra duda, me retiro porque tengo cita con un paciente.

—Gracias por todo.

Continuó sentado frente al escritorio de la directora. Hasta ese momento había evitado que la mirada se extraviara hacia la fotografía de Eirin y su hija. Aun así, era como si esa imagen lo acechara.

—¿Su hermana es maestra, también?

—¿Eirin? —sacudió la cabeza como para entender hacia dónde estaba girando la conversación— No, ella no podría estar encerrada por ocho horas, o más, en el mismo sitio. Ella es un alma libre. Estudió artes visuales. Se dedica a sus imágenes digitales.

Miraron la fotografía por unos minutos. Ambos se dejaron absorber por esa mujer, esa alma libre como bien la describió su hermana. Fausto se estremeció al sentir la oficina inundada por su presencia.

—Perdón, creo que me perdí en mis pensamientos. No quisiera quitarle más tiempo. La siguiente fase del torneo femenil de soccer ha comenzado. Habrá un partido este sábado. Tendremos que ir a la ciudad del equipo rival. Está cerca. Cuarenta minutos de camino y ya tenemos algunos padres de familia que se han ofrecido a acompañarnos con las chicas. De pasar a la final, ahí sería un poco más complicado porque tendríamos que viajar a la ciudad de Guadalajara. Será un viaje de fin de semana largo y cansado, para el que estoy solicitando que vayan todos los padres de las niñas.

—No somos los ...No importa, cuente con nosotros.

—No diga más. Agradezco la disposición. Le haré llegar los datos: costos, itinerarios, etc.

—Gracias. Creo que es hora de la salida de los niños.

—Agradezco que haya venido. También debo darme prisa, mi hermana…—el sonido de la puerta interrumpió sus palabras—. Ah, mire debe ser ella. Quedó de pasar por mi ahora.

La mujer abrió la puerta. La sonrisa de Eirin llenó la oficina, era una sonrisa distinta. El rostro mostraba claridad, confianza, sobre todo honestidad. Sostenía a la niña con una mano y un juguete con el otro brazo.

—Hola. No vi a tu secretaria. Pensé que estabas desocupada.

Fausto dio un paso adelante, sonrió de una manera distinta, un gesto triste e irónico. El rostro de ella se congeló.

—Justo un segundo. Mira te presento al señor Alvarado… Ella es mi hermana y mi sobrina, ambas se llaman Eirin.

—Me parece familiar, ¿nos conocemos? No… Ya sé. Es usted la de aquella fotografía, ¿no es así?

—Así parece. —Unos instantes de miradas acusadoras.

—Debo irme. Los niños están saliendo.

—Hasta luego. Esperemos que todo se solucione de la mejor manera.

—Fue un gusto conocerlas… a ambas. —Tocó los rizos de la pequeña y salió de prisa antes de que pudieran escuchar la aceleración de sus latidos y notaran el temblor en sus piernas

Bizcochos de harina de almendra con betún de requesón

Ingredientes para los bizcochos:

2 tazas de harina de almendra

1 taza de harina de arroz

150 gramos de mantequilla derretida

1 taza de azúcar

1 cucharadita de extracto de vainilla

1 cucharada de polvo de hornear

6 claras de huevo

Una pizca de sal

Ingredientes para el betún de requesón:

225 gramos de queso crema

1/2 taza de requesón

1/2 taza de azúcar granulada

1 cucharadita de extracto de vainilla

Instrucciones:

Preparación de los bizcochos:

Precalienta el horno a 180°C (350°F). Bate las 6 claras de huevo hasta que formen picos suaves. En otro recipiente, mezcla la harina de almendra, la harina de arroz y el polvo de hornear.

Agrega las yemas, la mantequilla derretida, el azúcar y la cucharadita de extracto de vainilla. Revuelve hasta obtener una consistencia sin grumos. Incorpora suavemente las claras de huevo batidas en la mezcla con movimientos envolventes. Vierte en un molde preparado para hornear. Hornea durante aproximadamente treinta minutos, o hasta que el bizcocho esté dorado en la parte superior y al insertar un palillo en el centro, salga limpio. Una vez cocido, retira el bizcocho del horno y deja enfriar antes de desmoldar.

Preparación del betún de requesón:

Suaviza el queso crema y el requesón a temperatura ambiente. En un recipiente, mézclalos hasta que estén suaves. Agrega la azúcar granulada y la cucharadita de extracto de vainilla hasta que quede cremoso.

Una vez que el bizcocho se haya enfriado, corta en porciones individuales. Cubre cada porción con el betún de queso preparado. ¡Disfruta de tus deliciosos bizcochos de harina de almendra con betún de requesón!

(Receta familiar)

PARTE III

Llave

«La pérdida no es nada más que el cambio y el cambio es el deleite de la naturaleza». Marco Aurelio

El brillo de las piedras engarzadas en los laterales del joyero capturó la mirada de Fabiana. En la tapa, dos flores grabadas relucían. No dejaba de sorprenderse por todos los secretos de la abuela.

—¡Es hermoso!

—Lo sé. Ella supo que no me rendiría hasta encontrar la llave. No iba a ser capaz de destruir una pieza tan extraordinaria.

—Esta es una violeta, la reconozco, ¿esta qué será?

—Una violeta y un delphinium

—¿Y las piedras?

—Esmeraldas... Camila me indicó que el certificado gemológico está adentro.

Llevaron el joyero a la recámara. Sentadas sobre la cama, una prolongada mirada, antes de que Kelia asintiera. Colocó la llave en la cerradura. La giró a la izquierda con lentitud. Se escuchó un clic, indicador de que no había obstáculo para escudriñar el contenido. Encontraron varios documentos y dos collares. Kelia sacó las joyas con el propósito de analizarlas, Fabi, los papeles.

Los primeros eran, tal y como lo indicó Mili, el certificado y la factura endosada a nombre de Kelia. Encontraron, además, unas cartas dirigidas a la abuela. El siguiente era el acta de nacimiento de Goyi. El nombre de la niña, Gregoria Casavantes Salas; nombre del padre: Marcial Casavantes; Nombre de la madre: Susana Salas. Lugar de nacimiento: Colombia. No era información nueva.

—¿Por qué nací en Colombia, abuela?

—Porque Susana era de allá.

—Me gustaría tener su foto.

—Cuando venga Marcial le pediré alguna.

Camila nunca lo hizo. La niña dejó de pedirla.

Dos collares de oro rosa; uno más largo que el otro; un dije rectangular con una pequeña piedra al frente, una amatista y un rubí. Al reverso, un nombre grabado en cada uno: Gregoria y Cristina.

El último documento era un certificado de alumbramiento: país: España. Nombre del infante: Gregoria Casavantes; nacimiento: 17 de julio; nombre de la madre: Cristina Casavantes: nombre del padre: Desconocido.

CRISTINA

El recuerdo de su padre se le convirtió en bruma. Se le confundía, iba diluyéndose, como si su rostro hubiera sido borrado por una ola gigante e intensa.

Su madre, Camila, por el contrario, era claridad. Aún con su pasión por los juegos y acertijos, Cristina sabía que era una roca firme que iba a estar para ella si la necesitaba. Algunas veces la observó mirando a través de la ventana, como si el instinto le pidiera escapar. Luego su padre llegaba a casa, le exigía que lo mirara a él. Ella lo hacía, aunque su mente, estaba allá, lejos, donde nada pudiera detenerla. Ni siquiera sus hijos.

Nunca huyó. La liberación le había llegado de otra manera. Aun así, no se sintió con derecho de volver a respirar. Algunas personas conceden que sus culpas las encadenen, aunque los grilletes les hayan sido abiertos. Tal vez por eso, Cristina, Marcial y la misma Fernanda decidieron emprender su propio vuelo. Cada uno se alejó de ese sitio lleno de recuerdos, que, a la vez, contenía tal fuerza de gravedad que tuvieron que luchar para alejarse de su centro.

Marcial y Fernanda iban y venían. Ella se quedaba más, debía cuidar a sus hijos. A él y Cristina, por el contrario, les costaba regresar. Hasta que ella dejó de hacerlo.

—¿A dónde irás?

—A donde me lleve el destino, mamá.

La mirada triste le rogaba que se quedara, sus brazos, sin embargo, se abrieron permitiéndole volar. A veces a Cristina le gustaba imaginar que aquella escena no había sucedido. Que nunca la soltó de las manos y que la gravedad que la atrajo a su amor la aprisionó de tal manera que aún seguían juntas.

Cristina siempre decía que no le atraían las raíces y que prefería viajar de un país al otro. La abrumaba la rutina, ver los mismos rostros y escuchar las mismas voces. Camila opinaba que era una búsqueda de sí misma y que no se encontraría hasta saber cuándo se perdió. Ella nunca les dio importancia a esas palabras, no las primeras veces que las escuchó. Hasta que comprendió que era cierto. No sabía lo que buscaba.

A él lo conoció en un país lejano, igual que a muchas otras personas. Sin embargo, desde la primera mirada supo que sería una constante en su vida. No percibió de qué manera, solo la importancia que tendría.

Sucedió sin pensarlo demasiado, de repente pasaban los días juntos, en un bosque, en la ciudad, en un pueblo, en un país ajeno, en mil idiomas. Ambos escapando de la realidad.

—Eres mi otra mitad —él le dijo un día.

—¿Mi otra mitad? No.... Yo nací completa, no como una parte que le pertenezca a alguien más. Esas historias son parte de los grilletes que nos aprisionan.

Él frunció la frente. Le dio un beso como respuesta, en tanto que cerraba el pasador del cautiverio.

La venda fue cayendo poco a poco, aunque al principio, sacudía la cabeza en un intento por borrar los pensamientos que la prevenían.

«No necesitas a nadie más. Vayamos solos». Le dijo al oído, esa fue la frase que hizo que le aclaró las ideas por completo. Por fin pudo escuchar a su voz interior: «Es peor que papá. ¡Tanto mundo al que huir para venir a dar con la misma historia!», le dijo la vocecilla una y otra vez taladrando su cerebro. Se había mentido al imaginar que la amaba tanto que le era necesario pasar cada segundo juntos.

«¿Prefieres estar con tus amigos que conmigo?», esa frase le rompió la ilusión del amor y le detonó el recuerdo de sus padres.

—A tus hijos los tienes todo el día. ¿Prefieres estar con ellos que conmigo?

—Marcial está llorando.

—Es increíble. Paso gran parte de mi vida de viaje, te extraño, pero el día que vengo no hay tiempo para mí.

—¿Estás celoso de tus hijos?

—No digas tonterías... Iré a ver a mamá. Ella sí ansía verme.

El hombre se puso el saco y salió sin decir más. Camila se quedó mirando la puerta hasta que el llanto de Marcial la regresó a la realidad. Se fue a la recámara; Cristina se quedó parada viendo la puerta.

Distinguió, entonces que ese fue el momento exacto en el que se había perdido. Y la frase que este hombre que no le tocó por genética, sino que ella escogió, la regresó a ese justo momento para que pudiera volver a encontrarse.

—¿Por qué nunca lo abandonaste, mamá? —le preguntó un día.

—Parece fácil, pero no lo es. Él no era de los que se rinden, le gustaba el control. Se lo di al dejar que mis hijos fueran suyos también.

—Una separación no implicaba que dejaría de ser nuestro papá, sino que ya no sería tu esposo.

—Estando juntos usaba mi amor por ustedes para someterme. Separados hubiera sido peor.

Se quedaron calladas, enredadas en ideas y pensamientos contrarios. No comprendió esa postura de «lo hago por los hijos». Admiraba la inteligencia de su madre y esa fortaleza que demostró para sacarlos adelante cuando quedó sola; sin embargo, no la veía libre. A esa edad no entendió el peso que tienen los hijos en las decisiones que se toman.

Una tarde de invierno en un país lejano al lugar de su infancia, enredada en el bullicio de las celebraciones navideñas, con los amigos. Se miraba al espejo para verificar su apariencia.

—¿Prefieres estar con ellos que conmigo?

Lo miró a través del reflejo, jugueteaba con un adorno de la chimenea, levantó una ceja a la espera de una respuesta sin dejar de mirar el objeto en sus manos. Luego ella observó su propio rostro. El maquillaje y atuendo eran perfectos. Giró hacia la ventana, al automóvil negro estacionado en la calle. Recordó las veces que había salido a encontrarse con ese u otros automóviles para darles algún pretexto por no acompañarlos... Evasivas, disculpas, esconder que era él quien decía cuándo ir y cuándo no.

Se quedó mirando la puerta igual que aquella vez, sabiendo que si la cruzaba significaría que se encontró al fin y volvía a ser libre. Lo miró de nuevo en el espejo. Con la ceja levantada y la burla habitual en los labios. Tomó el bolso y cruzó la salida.

No volteó. Conocía esa mueca al no obtener todo lo que deseaba. Al cerrar, él arrojó el adorno contra la puerta. Seguramente su sonrisa se congeló. Ella decidió que era el final de la relación. Él decidió que sería el principio de una lucha que no estaba dispuesto a perder.

DESPEDIDA

El nombre de Eirin apareció en la pantalla del celular de Fausto. Lo dejó timbrar sin levantar la vista de las cinco letras. Al día siguiente del último encuentro, fue él quien marcó ese número varias veces solo para recibir el mensaje de celular apagado.

Ni siquiera pensó lo que iba a decir. Intentó comunicarse por impulso. El paso de los días le devolvió la calma. Comprendió que era indispensable que hablaran y poder aclarar la situación.

El teléfono quedó en silencio.

Lo observó por largo rato... Lo levantó para devolverle la llamada justo cuando volvió a escucharse el tono de llamada.

Esta vez respondió de manera instantánea.

—Hola.

—Necesitamos vernos.

—Yo estoy bien, gracias.

—No más juegos. ¿Podría ser hoy?

Fausto negó con la cabeza como si ella pudiera verlo.

—Está bien. Te veo a las diez donde siempre.

—Nos vemos entonces.

Puso el celular en el escritorio como si le quemara, se acarició el cabello y se levantó con rapidez. Julia lo estaba buscando. Había un problema con algunos pedidos. La acompañó a la cocina mientras ella le explicaba la situación.

A las diez de la noche, en el lugar de costumbre, llevaba veinte minutos esperándola. Le pareció ridículo percibir que nada había cambiado cuando la certeza de que todo iba a ser diferente estaba frente a él.

Escuchó un taconeo. No volteó. Conocía el andar apresurado, el arrastre de su paso contra el piso, la estela de sensualidad de sus movimientos. La pudo vislumbrar conforme avanzaba hacia él.

—Disculpa, tuve un contratiempo.

Él asintió mientras imaginaba a la pequeña pidiendo su atención antes de salir. Casi pudo escucharla llamándola *mamá* y ofreciéndole los brazos.

Le señaló el asiento a su derecha. Ella lo tomó con sus movimientos lentos, mientras se acomodaba la falda. Antes, no la había visto usar una prenda que tapara sus rodillas. Se vestía diferente, de madre. ¿Acaso no era la misma mujer? La que llegaba tarde a cada cita con la sonrisa coqueta y la indolencia en su andar y la otra, la que traía de la mano a una pequeña con un traje sastre de pantalones anchos.

Apuró el vaso en la boca y el güisqui le amargó la garganta como un veneno quemándole.

—Otro. Doble, por favor.

Eirin frunció el ceño. Nunca lo había visto tan apresurado con la bebida.

—¿Necesitas alcohol en tu sangre para enfrentarme sin máscaras?

—Jamás las tuve. Lo que ves es lo que siempre ha habido, ¿me explico?

—No es así. Al principio usaste la máscara de «no espero nada», luego te transformaste en alguien que pedía más y más de mí sin entender que no puedo darte más.

—¿No hubo peticiones?

—Los pensamientos no solo se transmiten con palabras, aunque sí, podría decir que las preguntas de las últimas citas me parecieron insidiosas. Lo sabías entonces, ¿no? —La respuesta fue un suspiro mientras dirigía la mirada al contenido del vaso que en un momento más desaparecería en su boca—¿Y dices que nunca usaste máscaras?

—Eres tú la que oculta ¿y me reclamas el haber callado lo que no deseabas discutir?

—No escondí nada. Siempre te dije que no tenía interés en contarte mi vida. Nunca he necesitado más de lo que teníamos.

—¿Lo que teníamos?

Ella giró el rostro para buscar las palabras correctas. Las que dolieran menos, pero fueran claras. Recordó la ocasión que lo conoció. No era el mismo. Aquel hombre vivía el momento, sin preguntas, sin pedir, respetando que ella hiciera lo mismo. Este buscaba mucho más; buscaba un futuro. Lo miró a los ojos y le dijo:

—No lo hay —Fausto la miró confundido—. No hay futuro entre nosotros.

No respondió. No lo pidió; Sin embargo, lo deseaba. No lo dijo; aun así, ella lo percibió. Recordó las palabras de su hermana

«Tal vez seas tú quien ha llegado a ese punto. Deberías decírselo con todas sus letras. Cada uno debe estar seguro del terreno que pisa».

—Otra igual. —Señaló su vaso.

—¿En serio?

—Vine en taxi.

Agarró el vaso que el cantinero le entregó, bebió la mitad de un sorbo. El líquido avanzó con suavidad.

—Al menos, ¿podrías contarme todo?

—¿Sobre qué?

—¿Quién es el padre?

Ella giró el rostro con una mueca de incredulidad. Luego lo miró a los ojos.

—Sí te interesa saber si lo engaño contigo. No es así. Un día decidí ser madre con alguien que no importara. Somos felices las dos juntas. No necesitamos otras personas a nuestro lado. Todos los que tienen que estar, ya están ahí. Su padre no es uno de ellos. Amo mi vida tal como es. No me interesa atarme a nada ni a nadie, excepto a ella.

—¿Me amabas a mí?

—No lo creo. ¿Me amabas tú?

—No estoy seguro.

—¡Qué pena! Lo nuestro era fabuloso sin que nos estorbara el amor. Ahora dime tú por qué cambiaste.

Se encogió de hombros. Se levantó de la silla, sacó unos billetes y los colocó en la barra. Tomó las manos de Eirin y las acercó a su boca.

—Fue un placer conocerte, pero ha llegado el momento de alejarnos. Tienes razón, el que no respetó las reglas del juego fui yo. Tú sí eres una gran jugadora. Te mereces lo mejor.

Acomodó su cabello en la oreja, la miró a los ojos y rozó sus labios suavemente. Luego caminó a la puerta de salida sin voltear. No quería mirarla porque regresaría a decirle que la amaba.

ORGULLO

—El día se acerca, así es que debemos estar concentrados en nuestros entrenamientos. Llegar a la final ha sido un logro extraordinario. Si ganamos, será histórico para la institución.

Rangel sonreía. No era el sueño de las pequeñas jugadoras en exclusiva, sino uno propio. Su primera oportunidad como entrenador responsable y estaban a un juego de tener el máximo trofeo.

Las niñas eran conscientes de lo que esto significaba: ganar el respeto de sus compañeros y en el futuro poder exigir de manera categórica que se les tratara como un equipo de primera en la escuela, no uno que, de cierta manera, fueron forzados a apoyar.

Para Goyi, significaba mucho más.

—¿Qué piensas sobre esos triunfos? —el nuevo psicólogo, preguntó durante la última sesión.

—Las niñas vamos a ganar... ¡Sí!

Cerró el puño y movió el brazo como jalando una cuerda imaginaria hacia abajo mientras sonreía.

—¿Qué sentimiento te genera?

Me siento orgullosa.

—¿Quién más piensas que sentirá lo mismo?

—Fausto.

—¿Alguien más?

—Las muchachas... Fabiana me hará galletas. Fara me prometió un regalo para ese día.

—¿Y tu papá?

Goyi dejó de sonreír. Se quedó mirando sus manos sobre el regazo. Levantó el rostro después de unos segundos, y se puso a curiosear los cuadros de la pared.

—No creo que venga.

—¿Te gustaría que lo hiciera?

Se encogió de hombros.

—Tiene mucho que hacer en otros países. Él es importante, ¿sabes? Su trabajo ayuda a la gente.

—¿Crees que haya alguna situación que lo hiciera venir?

—Si ganamos, puede que llegue la siguiente temporada.

Rangel continuó hablando del evento como si quisiera convencerlas de lo que ellas iniciaron. Todos requerían el triunfo, incluso él. Las chicas lo escucharon mientras recargaban el cuerpo en un pie luego en el otro. La práctica terminó. Esperaron el final del discurso para correr a las gradas donde los familiares las esperaban.

Fausto contemplaba el suelo. Goyí se quedó mirándolo, Hacía días que lo veía atrapado entre sus ideas. Hablaba poco, sonreía apenas. Él tampoco escuchó el discurso innecesario del hombre.

—Excelente, jugadoras. Nos vemos la próxima semana para el último entrenamiento antes del partido decisivo.

Las chicas corrieron tal si una cuerda imaginaria se hubiera roto liberándolas.

—¿Estás enojado conmigo? —La distracción de Fausto era tal, que no se dio cuenta cuando la niña se sentó a su lado en las gradas,

—Claro que no, guerrera, ¿por qué piensas eso?

La niña se encogió de hombros.

—Jamás me enojaría contigo.

—¿Y si perdemos?

—Tampoco.

—No te sentirías orgulloso de mí.

—A ver... ¿Has visto todo lo que has logrado? El equipo femenil está sobresaliendo, el entrenador cree que ganarán, ustedes han dado su mejor esfuerzo. Es mucho lo que has hecho. ¿me explico? Además, ¿qué más da quién se sienta orgulloso de ti?, que ya lo estoy de eso no hay duda, lo más importante... No, lo único que importa es que tú te sientas orgullosa de ti misma. ¿Lo estás?

—Sí.

—¿Entonces?

—Entonces, vamos por un barquillo camino a casa.

Sintió que la risa de Fausto le devolvió lo que no sabía que él había perdido.

ENCUENTRO

Fara miró a través de la ventana. Cliqueó el botón de la reja para que se abriera. La tarde caía, los últimos rayos del sol se posaron en el rostro de la visitante. Su rostro no le dijo nada. La impasividad en sus rasgos era una de sus características, lo aprendió gracias al entorno.

La forastera se detuvo a examinar el área, la casa principal y los departamentos laterales. Cruzó los brazos mientras admiraba la fuente, los balones de Goyi regados aquí y allá. Luego de unos segundos continuó su camino.

Fara no esperó a que pulsara el timbre del departamento. Abrió la puerta para enfrentarla.

Sonia se quedó observando el abultado vientre. Desde que les contó la historia a sus hermanos, parecía que el nene había decidido mostrarse al mundo en completa libertad.

Fara se tocó de una manera instintiva, como si intentara protegerlo del escrutinio de su madre, cuya mirada subió hasta su rostro; cada una intentaba descifrar los pensamientos de la otra.

—Pasa, por favor. ¿No vino Ray contigo?

Caminaron con rapidez hacia la sala.

—Es lindo aquí. Veo que hay un niño... por la pelota.

—Niña... Mi prima Goyi.

Asintió y se sentó en el sofá que le indicó. Miró cada una de las fotografías, los adornos de las mesas.

—Ahora veo lo difícil que fue para ti abandonar esto y probar suerte en la gran ciudad.

Fara recordó el sentimiento que la dominaba en el viaje a la capital, los primeros días, tan difíciles, no echó de menos un ladrillo de esas paredes, un adorno, no extrañó las comodidades, ni la fuente.

—No...No lo fue. Dejar este sitio no fue difícil, lo que me costó fue renunciar a los seres que lo habitaban.

Las palabras mudas dominaron por unos minutos. Las miradas bajas, la respiración agitada. Las dudas rascando las heridas.

—¿Cómo está todo? —señaló el vientre.

—El doctor dice que toda va bien... Bueno, me refiero a...

—Entiendo a lo qué te refieres.

—Lo confirmaron... Me hicieron una prueba hace un mes. Mantuvieron el diagnóstico. Por lo mismo tiene bajo peso, aunque aparentemente no hay nada de qué preocuparse, hasta ahora todo va normal.

De nuevo el silencio. Había tanto que decir y a la vez tan poco. Era una circunstancia de aceptación o renuncia.

—Ray no sabe que estoy aquí.

—Él también tiene derecho a opinar.

—Lo hizo hace meses, tú lo escuchaste, no ha dudado.

—¿Y tú? ¿Y tu familia? ¿Qué saben ellos?

Sonia se levantó del sillón. Se paró frente al retrato de la abuela junto a Fara. Ambas sonreían. Lo hermoso de las fotos familiares es que revelan poco. Las sonrisas están ahí, el abrazo fácil, en cambio, las dudas, el enojo pocas veces se muestra, sobre todo, en personas adultas.

—Quería hablar contigo como —Giró el rostro hacia ella— ... Iba a decir como madres, aunque no estoy segura de que te sientas así.

—No. —Se levantó del sillón, luego giró la cabellera a la derecha. Se irguió frente a ella—. No me considero como tal. Lo he pensado, pero ese instinto no está en mí, a pesar de que percibo su vida, sus movimientos. He escuchado muchas veces su corazón. No me parece que me pertenezca.

—Aun así, elegiste sobre su vida.

—Lo hice sobre mi cuerpo—Se alejó de Sonia. Guardó silencio—. ¿Recuerdas? Usé mi cuerpo para ayudarte, tuve que pasar por pruebas, medicamentos, visitas a la clínica. Decidí que mi cuerpo daría vida. Esa fue mi decisión... Tú sí tienes ese instinto. ¿No lo sientes hacia él?

—¿Él?

—Sí... Confirmado. ¿Cómo ibas a llamarlo en este caso?

—Rafael, como mi padre. Si fuera mujer, Ivonne, como mi suegra. Eso dijimos antes de conocerte.

—¿Lo ves? Lo amas desde mucho tiempo atrás. Se creó en tu mente y se materializó a través de mi cuerpo.

—¿No distingues a lo que me obligas? — Se sentó de nuevo. Deshizo las arrugas del pantalón mientras organizaba sus ideas—. En mi mente existía un hijo desvalido al inicio, como todos, pero fuerte e independiente al crecer. No entiendes que ese niño siempre dependerá de mí. Que mis noches las pasaré pensando en lo que sucedería si yo faltara. No comprendes que mi marido no ha contemplado, que podamos ser padres de un niño ... así.

—Down.

—Sí. Un niño así.

—Ni siquiera puedes decirlo.

—Este mundo es demasiado difícil para encima traer a alguien como él a sufrir.

—¿Y no es lo mismo bajo cualquier condición? Para qué traer a nadie a este mundo de dolor.

—No lo entiendes.

—Supongo que no.

—Es fácil para ti. Te negaste a pasar por más agresiones a tu cuerpo o a que todo lo que habías hecho no valiera la pena. Tomaste una decisión, con tu libertad, pero nos afecta a todos para siempre. Tú saldrás de ella pronto.

—No lo haré. Estaré a su lado... ¿Y tú?

—Lo que me duele. Siempre deseé ser madre... No es justo yo...

—La vida no lo es. Imagina que fuera normal, pero de repente sucediera... un accidente, una enfermedad, ¿lo abandonarías? Renunciarías a Rafael.

—No, él no es Rafael. No puede serlo.

—Por supuesto. Rafael era fuerte, era entero, sano, inteligente. Lo comprendo. Entonces puedes irte, porque lo que buscabas no lo encontrarás—. Caminó hacia la puerta y la abrió con lentitud—. Ese hijo que nació en tu mente no existe. Aquí solo hay un ser diferente. Creo que nuestro próximo encuentro deberá ser en presencia de un abogado.

VERDAD

Los pasos de Fabiana eran lentos. Deseaba que su mente y sobre todo sus palabras se movieran a la misma velocidad; temía que salieran a borbotones. Ya sueltas, no podrían regresar. Suspiró profundo. Kelia se había ido al taller; si al menos estuviera apoyándola con su templanza.

Fausto les informó poco después que supieran del contenido del joyero, que Goyi debía continuar la terapia con un nuevo profesional. Alguien que le ayudara a superar sus pérdidas. Ellas estuvieron más que de acuerdo, porque con lo que descubrieron, sabían que el mundo de la niña iba a seguir girando y alejando la paz que luchaba por alcanzar.

Goyi hablaba poco de lo que sucedía en las terapias. Durante las dos semanas que la pequeña llevaba asistiendo con el nuevo psicólogo, la habían notado pasiva, caminaba por el jardín con la pelota en la mano, pensativa o sentada mirando sin mirar. Fabiana la veía a través de la ventana, sintiendo una punzada en el pecho por el secreto que Mili reveló tras su muerte.

Fabiana y ella decidieron ser cautelosas, no hacer nada antes de hablar con Marcial. Solo él podría terminar de desenredar toda esa madeja de mentiras.

Por una u otra cosa el viaje se retrasaba y la tutela de Goyi quedaba en el aire. A pesar de que para todos la ejercían Fausto y ella, la realidad era que, en el aspecto legal, el nombre de la abuela continuaba en los documentos.

«Llegaré mañana a medio día. Perdón no pude avisarles con anticipación, fue un viaje repentino». Mensaje simple que recibió Fausto en el celular, sin más detalles, de la manera que el tío lo hacía siempre.

Fausto estaba cargado de trabajo, sobre todo ahora que la barriga de Fara le impedía realizar labores pesadas. De manera que era Fabiana frente al tío, con la verdad quemándole por dentro, con las palabras revueltas, sin saber con exactitud cómo abordar esta conversación.

El corazón llevaba un ritmo contrario al de sus pasos. Sintió el latido en las sienes y el temblor en las piernas. No sabía de qué manera enfrentar la verdad.

«¿No pudiste facilitarnos las cosas, Mili?»

Recordó la mudanza a la casa principal. Una semana después del funeral de sus padres, el tío Marcial ya se había ido y la abuela estaba llorando en el jardín.

—¿Tenemos que traer todo? —preguntó la pequeña Fara, que no entendía bien lo que sucedía.

Volteó sorprendida al verlas, al tiempo que se limpiaba el rostro.

—Lo necesario, poco a poco traeremos lo que falte.

—¿Ahora te llamaremos *mamá*? —los ojos de Fara mostraron ansiedad infantil.

—Claro que no. Tu mamá siempre será Fernanda. Solo que ahora vivirán conmigo.

—¿Puedo llamarte de la misma manera que ella lo hacía...*Mili?*

—Sería lindo. ¿Sabes?, al principio lo hizo por rebelde, tardó en darse cuenta de que me gustaba que me llamara así.

—Yo te diré de otro modo.

—¿Cómo?

—No sé, solo diferente de Fabiana, ¿puedo?

—Claro que sí, Fara, llámame como gustes.

—Yo te diré solo *abuela* si me haces enojar —dijo Fabiana.

—Yo también.

La risa resonó en los muros de esa casa.

—Me parece justo. Trataré de no hacerlo tan seguido.

Un nuevo timbre en la puerta la trajo a la realidad. Apresuró sus pasos para recibir al tío que la esperaba con la sonrisa habitual.

—Pasa. Estoy preparando unas galletas, ¿me acompañas a la cocina?

—Si me compartes alguna.

—Claro. No sabes qué tipo de pastas son.

—Sé que estarán deliciosas. Eso es suficiente.

Caminaron hacia la cocina. Le preguntó por el viaje, el clima de la ciudad que dejó, de su salud, de cualquier tema que evitara enfrentar asuntos más importantes.

—¿Deseas un café?

—Sí, por favor, que sea de esos que preparas, iguales a los de mamá.

—Con canela y piloncillo. Estás de suerte, eh. Apenas me preparaba uno así.

—Siéntate, por favor.

—¿Y cómo van las cosas por acá? ¿Qué tal sanó el brazo de Fausto?

—Bien, aunque le quedó una cicatriz que me recordará siempre ese día.

—Cuando supiste que mamá te sacó de la herencia —Fabiana bajó el rostro—. Ella era así, rodeada de secretos, de decisiones que tuvo que tomar en un segundo.

—Desde que ella… parece como si estuviera conociendo a una persona distinta. Siempre la sentí honesta conmigo.

—Lo era. La honestidad no tiene que ver con los secretos. A veces la vida te va llevando por donde decide y no te queda más que soltarte y avanzar a donde te indique.

—Pues aún no he descubierto la razón para sacarme de la pastelería. Por lo pronto, estoy haciendo postres que vendo en diferentes tiendas. La idea surgió de unos pastelillos que les gustaron tanto a mis hermanos, que se ofrecieron a comprarlos y revenderlos en el local. Eso me dio la idea, de modo que comencé a ofrecerlos en algunos restaurantes y cafeterías. Sin darme cuenta ya estoy llena de pedidos.

—Tal vez era el plan de mamá; que te volvieras independiente.

—¿Lo crees?

—Sí.

—En fin. Tío, necesitamos hablar de Goyi. Ya sabes que lleva una terapia con la psicóloga del colegio. Lo que ha sucedido, sobre todo lo mucho que echa de menos a Mili le ha causado cambios de conducta que han alertado a sus profesores. Ahora la licenciada nos ha recomendado un nuevo terapeuta, un tanatólogo

—Yo quisiera hacer más, es que...

—Es que no eres su padre.

PALABRAS

Fausto giró la llave y empujó la puerta. Le dio un beso en la mejilla a Goyi y salió apresurado. Antes de entrar a la casa principal, la niña recorrió el jardín con la mirada. Al final, del lado izquierdo del patio, el automóvil de Fabiana indicaba que se encontraba en casa. Junto a este, uno desconocido. La niña lo observó un rato. Adivinó que era un auto rentado y quién lo estacionó ahí.

Entró y cerró la puerta despacio para evitar el ruido. La sala estaba vacía. Continuó por el corredor con pasos ligeros. Escuchó sus voces en el jardín interior, reían y hablaban a un nivel inaudible desde su posición. No la escucharon.

La puerta de la recámara de la abuela quedaba a mano derecha. En un impulso giró el pestillo. No había entrado desde su partida. Su corazón latía apresurado y sus manos sudaban. Pasó la lengua por el labio inferior antes de sentarse en la cama.

Observó las paredes, los cuadros, los muebles. Todo igual que como ella lo dejó. Colocó el rostro entre una de las almohadas por unos segundos. Su olor había desaparecido. Acarició la colcha antes de abrirla y acurrucarse entre las cobijas. Las fibras le abrazaban el cuerpo, pero no eran los brazos de Camila. Se tapó la cabeza y respiró profundo.

En algún momento tendría que enfrentarlo. Le iba a sonreír, verían algún capítulo de la serie, entre risas y palomitas. Luego, desaparecería de su vida de nuevo.

Abrió las cobijas y caminó hacia la ventana, desde ahí se veía la calle. Deambulaba poca gente, estarían en sus casas comiendo en familia, tal vez.

—¿Por qué escogiste este cuarto? ¿Te gusta ver a la gente?

—Esa es una razón, no la principal.

—¿Entonces?

—Esta recámara guarda mis secretos. En sus paredes, en el clóset, hasta en el marco de la puerta.

La niña abrió los ojos sorprendida.

—¿De veras? ¿Algún día me los mostrarás?

—Cuando seas grande y los puedas entender.

Goyi veía el clóset mientras recordaba ese diálogo. Conocía ese secreto, aún no el de las paredes y el marco de la puerta.

«Cuando seas grande»

Se encogió de hombros y fue a sentarse en la silla de la coqueta, frente al espejo. Se cepilló el cabello con suavidad como solía hacerlo la abuela.

Llamó su atención un papel tirado. Se agachó a recogerlo. Pudo observar que era una de las cartas que encontraron en otra pared guarda secretos. Estaba dirigido a Kelia. Una expresión traviesa se dibujó en su cara antes de leerlo.

BÚSQUEDA

Fabiana acariciaba la julieta que recorría el contorno de la puerta del jardín interior de la casa. Mili solía cortarle las hojas muertas, rociaba y nutría las plantas con frecuencia. La sensación de la hoja entre los dedos la hizo temblar. Siempre creyó estar unida a ella y el descubrimiento de sus secretos tras su muerte, le parecieron ajenos, como si hubieran existido dos *Milis*.

—Es tan confuso. Se me figura que estoy dormida y es un mal sueño; conocer esa verdad, tan dura, tan...

—¿Oscura?

—Complicada.

—Creo que debería hablar con el psicólogo, contarle todo esto; él puede indicarnos la mejor manera de abordarlo sin dañarla... Una cosa si es innegable. La niña no debe seguir pensando que no merece que su padre quiera estar con ella.

—Lo lamento. Me hubiera gustado hacer más; ese título me queda demasiado grande. No tuve opción. Lo que digo no me disculpa de ninguna manera, es que ... No me lo puedo explicar... intento...

—Es simple, tío. No estás dispuesto a sacrificar nada. No es reproche, la vida te puso en esta situación, aunque creo que casi siempre sucede así. Tú tienes tus razones, las acepto. Sin embargo, ella necesita más y, no lo sé... Tal vez, saber que en realidad no eres su padre la libere de una carga que no le corresponde.

Marcial asintió, bajó la cabeza, luego, ambos callaron. Él vio el reloj, sorprendido de que el tiempo hubiera pasado tan rápido.

—¿A qué hora llega la niña hoy?

Fabi buscó el celular. Le sorprendió que casi fueran las cuatro y Fausto y Goyi no hubieran llegado aún.

—¡Es tarde! No me di cuenta. La esperaba a las tres, después de la práctica de futbol.

—¿Estará con Fausto? Tal vez la llevó a comer.

—No tengo ningún mensaje. No lo haría sin decírmelo.

—Llámale. Mientras tanto iré al patio delantero, puede que ande por ahí. Le encanta jugar junto a la fuente.

—Podrías verificar con mi hermana. A veces le gusta ir a tomar una limonada en su departamento.

Buscaron por toda la casa, Fausto tardó en contestar. Tan pronto como fue informado de la situación, se olvidó de lo que tenía que hacer. Fara no la había visto en toda la tarde. Una hora después, Kelia llamaba a Dafne y a cada una de las chicas del equipo. Nadie la vio.

La palidez de Fara era evidente, usaba sus manos para darse aire en la cara. Se sentó en la fuente, rodeada de rostros ansiosos por conocer el paradero de la niña.

—Tiene que estar en algún lado. —Su voz sonaba extenuada. Sacudió su cabello —¿Estás seguro de que entró en la casa?

—No. Igual que otras veces la dejé aquí, según yo, resguardada dentro de la propiedad, a la puerta de la casa. No esperé a verla entrar... Otras veces lo había hecho así, por las prisas, ¿me explico?

—No te sientas mal, Fausto. Es lo mismo que si hubiera salido a jugar en la fuente. La puerta de la calle cerrada... Tal vez sea hora de llamar a la policía, muchachos.

Los cuatro se quedaron callados, buscando algo que contradijera sus palabras. Tomar esa medida implicaba admitir que la niña estaba en realidad perdida

—¡El pasaje! —el grito de Kelia los sacó de golpe de sus pensamientos.

—Es cierto. No hemos revisado el pasaje.

Fabiana corrió hacia la casa sin esperar a los demás.

—¿De qué hablan?

—Es un pasadizo que conduce a la pastelería desde el cuarto de la abuela Cami. Luego te contamos tío. Vayamos a revisar.

Todos siguieron a Fabiana, Marcial le dio la mano a Fara para ayudarla a incorporarse, caminaron al ritmo de sus pasos, a la velocidad que le permitía su peso.

Fabiana observó la cama destendida. La niña estuvo allí, era seguro. ¿Qué la motivo a esconderse? Recordó las veces que ella misma se había refugiado en el pasaje para buscar la paz que no encontraba en su interior. Las veces que se sentó pegada a sus muros para esconder el llanto que no quería que la hiciera parecer débil frente a sus hermanos. No lo juzgaba un buen escondite ahora que todos conocían su existencia.

Fara se sentó en la cama. Marcial y Fausto siguieron los pasos de Fabi tras el espejo. Kelia se quedó buscando pistas de la chiquilla en la recámara.

A excepción de la cama destendida y el cepillo en el suelo, no encontró nada distinto de la última vez que estuvo en ese cuarto leyendo la carta.

«¡La carta!»

¿Dónde la había dejado antes de salir con Fabi de la habitación el día que la encontró buscando la llave? ¿La olvidó aquí? ¿Qué más decía la carta? Sintió la fuerza de los latidos en las sienes. Tuvo miedo de que alguna revelación en esas hojas hubiera lastimado a la pequeña.

Salió de sus pensamientos al ver a Fara respirando con dificultad. Su boca perdió todo el color, como si le faltara el aire.

—¿Qué necesitas? Te traeré un poco de agua.

—No... puedo —respondió jadeante.

—No hables. ¿Estás mareada?

Asintió a la vez que intentaba meter aire en sus pulmones.

—Te... veo ... borrosa.

—¡Dios santo! ¡Fausto! ¡Fausto!

Corrió a la puerta del espejo para llamarlo. La luz del pasaje estaba prendida. Los tres giraron de forma simultánea. Sin llegar aún a la intersección.

—Fara. Se siente mal.

Fausto miró a Kelia confundido, luego a Fabiana y al tío.

—Ve con ellas. Nosotros seguimos buscando a la niña.

Él salió del espejo, para verla caer sobre la cama. Kelia abrió la aplicación de marcación en el celular.

—Está rígida.

—Llamaré a una ambulancia.

GREGORIA

No me gusta la lluvia, me gusta el sol. Salir a la fuente. Desde que recuerdo he jugado futbol. Dicen que lo hice antes de aprender a caminar. No lo sé. Si pienso en cuando era muy chiquita, no encuentro diferencia ... Bueno sí... La abuela se fue.

La extraño mucho. No se lo digo. No quiero que se pongan tristes como yo. Se lo he dicho solo a Lorenzo. Antes iba con otra psicóloga, ella se sentaba frente al escritorio, hacía una pregunta, oía mis respuestas y las escribía luego otra pregunta y otra respuesta y así hasta que me cansaba. Me gusta más Lorenzo, él juega mucho y me hace reír. Él dice que debo decir lo que siento... Y pienso, ¿Cómo les digo lo que no sé?

El otro día me preguntó qué pensaba de que papá viajara mucho. Le dije que nada, se rio, luego siguió con los juegos y las preguntas raras. Al final, me di cuenta de que en verdad no me hace falta, al menos no como la abuela. No... sí extraño, pero no a él. No sé cómo decirlo, lo que me gustaría es poder contarles a mis amigos que paseamos o en casa hicimos algo divertido juntos.

El otro día Dafne fue al circo con su papá y hermano. Su mamá no fue porque estaba cuidando al bebé.

Una vez les conté en la escuela que vi una película con mi papá. Todos sonrieron. Luego me quedé callada porque no tenía nada más que contar.

El otro día Lorenzo puso un juego donde yo decía una palabra después de cada nombre de mi familia. Al escuchar *papá* le dije *huequito*. Está aquí, en el pecho y a veces punza. Pienso en él... ¡Pum! La punzada. Lo nombra alguien... de nuevo otra punzada. A veces me toco el pecho intentando encontrar el huequito punzante. Lorenzo dijo que no lo voy a encontrar en mi cuerpo, que está más profundo.

La abuela también se convirtió en un huequito, pero es diferente. No sé cómo, pero es diferente. Cuando la recuerdo, me duele un poco, luego me acuerdo de algo que me dijo o que hicimos juntas y es como si el huequito dejara de ser, como si se llenara de nuevo. A veces también lo llenan las muchachas, Fabi con sus galletas, Kelia con sus palabras suavecitas y Fara con las limonadas en su departamento donde platicamos de muchas cosas. Sobre todo, se llena con lo que hace Fausto, cosas como ayudar a mis amigas y a mí en el equipo.

Tampoco quiero que Fara se vaya nunca. Ella, ahora, es mi mejor amiga. Se lo digo a Lorenzo, a nadie más. Si Dafne lo escuchara se enojaría conmigo. Ella dice que soy su mejor amiga de toda la vida. También es mi mejor amiga, pero Fara es más mi mejor amiga... De nuevo no puedo explicarlo.

La próxima cita con Lorenzo, no me imagino lo qué le voy a responder. Encontré la carta de Kelia. Ahí dice que mi papá no es mi papá. Me confunde.

Estoy triste, siento algo en mi panza y en mi cabeza que no puedo explicar, como si me revolotearan miles de pájaros por dentro, aletean, me pican, me duelen, me ciegan. Ni las lágrimas logran sacarlos. No tengo ganas de ver a nadie, ni que me vean, por eso vine al pasaje y me quedé así, a oscuras. Quisiera que ella estuviera aquí... Papá... bueno, él, hablaba con Fabiana en el jardín y no me gusta tenerlo cerca.

Descubrí una abertura en el pasaje, justo antes de dar la vuelta al pasillo. En la esquina donde dobla, parece que la pared termina, pero en realidad hay un hueco que no se ve con facilidad. Me encontré unas cajas con fotos y papeles viejos, las fotos no tienen color y los papeles están amarillentos. Aquella vez no pude verlos porque ya era la hora de la cena y a Fabi no le gusta que me retrase. Hoy decidí esconderme aquí, donde nadie me encuentre, por si se les ocurre buscarme en el pasillo.

Prendieron la luz. Oí sus pasos. Me quedé quieta, sin hacer el menor ruido. Escuché la voz de Kelia.

—Fara. Se siente mal.

Luego a Fabi diciéndole a Fausto que fuera a ayudarla.

Tuve miedo de que algo malo le pudiera pasar a ella o al bebé, pero no quiero verlo a él. No sabría qué hacer. Luego apareció la cara de Fabiana asomada por el hueco en la pared.

—El pasaje lo conozco de pe a pa. También este era mi escondite favorito del mundo cuando era pequeña igual que tú.

Me ofreció la mano para ayudarme a levantar. La acepté y me abracé fuerte a su cintura mientras las lágrimas no se detenían.

—Todo va a estar bien, pequeña, soy yo aquí contigo.

La abracé más fuerte. No quería soltarme nunca de ese abrazo.

Le di la carta; luego, levanté el rostro y lo vi a él.

FOTOS

Fabiana acariciaba el cabello de Goyi con la mano izquierda, mientras con la otra sostenía la carta que la niña le entregó. El nombre de Kelia estaba escrito después del saludo. En un vistazo, pudo atrapar algunas palabras: *joyero, documentos, Marcial, madre, padre, verdad.*

Abrazó a la pequeña con más fuerza. No fue posible hablar con el psicólogo y prepararse para este escenario. Las palabras atoradas en la garganta no tenían sentido, no podía elegir cuáles pronunciar. Marcial, parado frente a ellas, callado, mirando al suelo parecía un fantasma confundido.

La verdad ya no se escondía en el joyero, o en un papel, ahora estaba en la cabeza de la niña, revoloteando como una mosca que necesita salir por una ventana cerrada.

—Debemos hablar.

—No quiero.

—Muy bien. ¿Qué podemos hacer?

—Quiero a la abuela.

No respondió. No era posible encontrar lo que ayudara a que la niña entendiera. Camila no estaba y no podría consolarla y explicarle por qué mintió.

—¿Te gustaría ver esas fotos viejas? Ahí está ella.

La niña asintió. Ambas se sentaron en el suelo, en la grieta del pasaje.

—¿Podrías ir con Fausto, tío? —Fabiana estaba preocupada por su hermana. Pudo ver en el rostro de Kelia que algo grave estaba pasando, pero no podía dejar a la pequeña—. Pregúntale por Fara.

No respondió, giró y corrió hacia el cuarto. Fabi no estaba segura de si esa prisa era preocupación o una huida.

—¿Ella está bien?

—Espero que sí. Deben ser cosas de embarazos y bebés. No te preocupes. Ya irá el tío a ver qué pasa, ya luego nos dirá.

Callaron, ambas fingían no estar tan preocupadas para no alterar a la otra.

—Mira. En la foto están Mili y la tía Loreto. Ella le heredó la casa. Fue quien construyó el pasaje.

—¿Por qué?

La voz y la mirada de la niña continuaban mostrando tristeza, aunque sí parecía estar interesada en la historia de la casa. Fabiana usó las frases que Camila le expresara a la misma edad de Goyi. Le resultaba una historia fascinante. Mientras, le mostraba fotos de la abuela en su niñez, en su juventud. Pocas, en la mayoría aparecían con sus hijos pequeños.

—Ella es mamá y el tío Marcial.

—¿Quién es el bebé?

—La tía Cristina.

Las pupilas de Goyi se hicieron enormes. Colocó la foto entre sus manos y la observó por largo rato.

—Es ella, ¿no? Es mi madre. Lo leí en la carta.

—Sí.

—¿Está viva?

Fabiana respiró despacio. De nuevo buscaba las palabras justas. Tenía que medirlas igual que los ingredientes de un pastel. Las palabras exactas que ella pudiera entender sin provocar más daño. ¿Cómo desenredar la madeja de mentiras sin que la verdad lastimara más a la pequeña? No encontró ninguna que no doliera. Negó con la cabeza.

La voz de Marcial interrumpió la conversación.

—Llegó la ambulancia. El ginecólogo va en camino. Iré al hospital con los muchachos.

—¿Podemos ir?

—Debemos quedarnos, Goyi, Ellos nos avisarán—Torció la boca y encogió los hombros—. Ve con ellos, tío. Por favor, llama cuando tengas noticias.

Salió con rapidez. Ambas se le quedaron mirando hasta que desapareció del pasaje.

—Él ... él no es mi papá... ¿Puede ser Fausto mi papá, así como ahora Cristina es mi mamá?

—Creo que es más complicado.

—Si Fausto fuera mi papá, y anduviera de viaje, me haría mucha, mucha falta... ¿Sabes lo qué no extrañaría?

—¿Qué?

—Hacer cosas, como ir a los partidos, o ver a Grogu, comprar helado y esas cosas.

—¿Sabes qué estoy pensando? —La niña negó con la cabeza—. Que no haces tantas cosas conmigo. Con Fara tomas tus limonadas y platican horas enteras, con Kelia siempre le estás contando de tu escuela, en cambio, conmigo es: cepíllate los dientes, quítate el uniforme y así.

—También horneas galletas.

—Sí, pero no sé, tú y yo, nadie más. ¿Te gustaría que hiciéramos un pastel juntas? —Sonrió y abrió sus ojos que recobraron el brillo de la inocencia que unos minutos antes parecía perdido.

—Sí. Podemos hacerlo en mi cumpleaños.

—¡Es cierto! Pronto, es en este mes.

Un pensamiento ensombreció la mirada de la niña.

—¿La fecha es cierta?

—Sí. Tal y como siempre te hemos dicho

—¿Tu ya sabías de mi mamá y mi papá falso?

—Kelia y yo nos enteramos hace poco.

—¿Por la carta?

—Por un joyero que le regaló a Kelia.

—Ustedes no me han mentido, ¿o sí?

—Nunca.

Por un lapso, el silencio fue el protagonista.

—Antes debían ocultarme cosas, ahora ya crecí.

—Prometo que así te trataremos.

—¿Podré ver lo que hay en el joyero?

—Por supuesto; de hecho, ahí también encontramos un regalo que dejó Cristina para ti.

—¡¿Qué es?!

HOSPITAL

El olor a desinfectante, la blancura de las batas, el brillo de los pisos no alcanzaba a ocultar la lobreguez del lugar.

—Tenemos un cuadro de hipertensión aunado a una proteinuria y otros signos en sus exámenes de laboratorio como indicadores de una preeclampsia. Por fortuna estamos a tiempo de evitar una eclampsia que complicaría el cuadro. Es urgente realizar una cesárea. La situación es difícil porque tiene apenas treinta y tres semanas, y la probabilidad de sobrevivencia es menor debido a su condición como producto Down. Sin embargo, ahora es ella quien se encuentra en mayor riesgo. La decisión no puede aplazarse. En cuanto el producto deje el cuerpo de la paciente, podremos controlar los problemas y ocuparnos de ambos de una manera independiente...

El médico continuó explicando riesgos y beneficios. Kelia giró hacia Fausto, la quijada apretada, la mirada baja y los puños pegados a sus muslos le hablaron de contención. Ella, por su parte, se enjugaba el rostro sin intentar ocultar sus emociones.

Marcial, recargado en una pared, leía el celular sin prestar demasiada atención a la realidad.

El doctor se retiró después de darle las indicaciones a la recepcionista para que les preparara los documentos que Fausto debía firmar:

Complicaciones, posibles infecciones, anestesia, riesgos, prematuro, visión, aparato respiratorio, alimentación, cardiológico, entubación.

Las palabras parecieron sobresalir del papel. Un escalofrío le recorrió el cuerpo, sus manos temblaban. Por unos segundos perdió el contacto con sus latidos, el mundo desapareció. Sintió el impulso de no firmar, buscar a su hermana Fara y escapar. Suspiró.

—Le enviaré un mensaje a Fab para explicarle la situación —Kelia tocó su brazo. Fausto sacudió la cabeza al escucharla, lo que lo regresó a la realidad—, prometimos informarle en cuanto supiéramos algo.

Asintió, levantó la pluma y firmó, temblando aún.

COLLAR

Observó a la niña mientras se acomodaba en la cama. Su mirada parecía serena, pero con un dejo de tristeza. Acariciaba la colcha, aunque Fabi supo de inmediato que el color lila no era lo que tenía en la mente, sino a Cristina, Marcial, Mili.

Sacó el joyero que Kelia guardaba con tanto celo en el ropero. Lo puso sobre la cama, lo abrió y sacó los dos collares, le entregó uno a la niña.

—Gregoria —abrió los ojos—. ¡Dice mi nombre!

—Aquí hay otro con el de Cristina.

Goyi acarició ambas piezas, leyó y releyó las inscripciones, los acercaba y los alejaba para verlos mejor.

—¿Crees que se pueda unir las cadenas y poner los nombres en una sola?

—¿Te gustaría? Pienso que Kelia puede lograrlo, pero te quedaría enorme. Lo que podemos hacer es que cuando crezcas así de grande —mostró el dorso de la mano en el aire—, lo hagamos. ¿Te parece?

La niña asintió.

—¿Ella me quería?

—Por supuesto.

—¿Cómo sabes?

—Lo leí en una carta dirigida a Mili que está aquí también. Le contó que te esperaba con mucho amor para ofrecerte. Puedes leerla cuando lo desees.

El sonido del teléfono interrumpió la conversación.

—Es Kelia. Es un mensaje.

—¿Qué dice? ¿Está bien Fara? ¿Ya podemos ir?

—Son muchas preguntas. Déjame leer antes de responderte.

Conservó la sonrisa mientras leía, a pesar de que el corazón se llenó de temores.

—El doctor dijo que el nene nacerá ya. Ahora está en el quirófano.

—¿Podemos ir? Por favor —juntó las palmas, suplicante.

—Bien. No creo que te autoricen a entrar, pero estaremos ahí, esperando noticias del bebé y Fara. Cámbiate el uniforme, mientras te prepararé un sándwich que puedas comer en el carro, ya es tarde.

—Guarda el collar, en cuanto pueda, le pediré a Kelia que lo arregle para que lo uses.

Se levantó sin dejar de mirarlo.

—Lorenzo me va a preguntar qué pienso de Cristina.

—¿Qué dirás?

Acarició el collar, le dio un beso, luego se lo entregó a Fabiana.

—Que a ella sí la puedo tocar.

OJOS

Fabiana llamó al psicólogo de Goyi para pedirle apoyo. Estaba fuera de la ciudad, regresaría hasta fin de mes; sin embargo, le dio algunas indicaciones para abordar la situación.

La llamada no la ayudó a sentirse más segura, aunque algunas recomendaciones le dieron un poco de claridad. «Recuerde que solo debe responder a sus preguntas, ellas le indicarán el rumbo y el límite de la conversación». Suspiró profundamente y regresó a la sala donde esperaban noticias.

Fueron dos horas de angustia. Goyi estaba dormida con la cabeza recargada en las piernas de Fausto. Kelia leía el celular, aunque en realidad estaba lejos de enfocarse en las intrascendencias de las redes sociales. Marcial tenía una conferencia por internet, por lo que no pudo esperar junto a ellos durante la operación. Todos se levantaron al ver al hombre de la bata blanca acercarse.

Llegó con la cara vacía de emociones, despojado de certezas y con las manos cubiertas de esfuerzos por salvar la vida de Fara y el recién nacido. La única arma: el tiempo. Era preciso esperar para ver la reacción del cuerpo de los pacientes que ahora luchaban de forma individual. Confiar en que los días pudieran estabilizarla a ella y fortalecer el corazón y los pulmones del pequeño con ayuda del peso que ganara.

«El tiempo no existe», recordó Kelia la frase preferida del maestro de física.

—¿Cómo es que, si no existe, puede causar tantos estragos?

Le siguió una explicación científica que a ella no le dijo nada. Palabrerías. El tiempo en esa situación, por supuesto que existía y solo quedaba la esperanza que ese tirano estuviera a su favor.

—¿Podemos verlos? —preguntó Goyi.

—Ella se encuentra en terapia intensiva y el bebé en la incubadora. El paso a esas áreas está restringido, aunque tenemos dos opciones para que puedan conocerlo a través de un vidrio a lo lejos o a través de una cámara que monitorea esa área, lo que les permite a los familiares una mejor visión.

—Sí, vamos a verlo de lejos y luego de cerca. Vamos a ver si sus ojos son chiquitos.

—Tengo que advertirles que está delicado; debe ser alimentado a través de una sonda, tiene oxígeno y está conectado a aparatos que verifican sus signos vitales.

—¿Te sientes segura de querer verlo?

—Ya crecí, ¿recuerdas?

Fabiana asintió.

La niña iba tomada de la mano de Fausto mientras se dirigían a la incubadora. Fabi observó su caminar erguido. El respondía con paciencia las preguntas infantiles que se le ocurrían. El brillo al mirar a Fausto, le recordó las esperanzas de la niña.

El médico tenía razón. La imagen no fue agradable. El niño estaba conectado a cables por todo el cuerpo. Parecía un muñeco sin vida.

—Es tan pequeño. ¿Le duele?

—Está dormidito, le ponen medicamento para que se sienta mejor —le explicó Fausto.

Fabiana observó el rostro de la niña. No parpadeaba y la boca se mantenía semiabierta. Sintió mariposas en el estómago de imaginar lo que pensaba. Fue un día difícil para todos. Sin duda había crecido.

PREGUNTAS

El día anterior había sido terrible. Nada indicaba que esa mañana pudiera ser mejor. El médico les sugirió que descansaran, ya que vendrían jornadas de mucha exigencia. Decidieron reunirse para desayunar antes de volver al hospital, a la vez que podrían responder las dudas de la niña

—Te ves terrible.

Fausto levantó una ceja ante el comentario de su hermana, estaba parado junto al marco de la puerta de entrada con las ojeras evidentes y la barba sin rasurar.

—Me refiero a...

—Ya sé a qué te refieres —le dio su típica sonrisa de medio lado—. Saliendo del hospital fui a la pastelería a poner en orden los pedidos y los de los proveedores, no quiero que Julia tenga problemas con esas tareas. Apenas dormí unas horas con tanto en mi cabeza.

—Ya sé. Goyi no quiso quedarse sola, dormí suficiente. —Colocó las manos en la cintura—, amanecí adolorida por las contorsiones que tuve que hacer para acomodarme en la cama.

—¿Está despierta?

—Sí. Kelia y ella nos esperan para desayunar. Preparé unos wafles marmoleados con cacao y nueces, además de unas salsas dulces de fresa y otra de chocolate que no te imaginas lo deliciosos que quedaron.

—No dudo que estén suculentos. Gracias, es que no tengo ganas de nada.

—Ven. Te prepararé un jugo de plátano con almendras en agua de coco para que no andes con el estómago vacío y te sientas menos agobiado.

Miró al techo negando con la cabeza, mientras abría las manos en señal de rendición. Fabiana rio con dulzura. Avanzaron a la cocina.

—Buenos días.

—Hola.

La niña se arrojó a los brazos de Fausto. Él la levantó con cuidado. Le acarició el cabello con suavidad.

—Termina de comer, guerrera. Las acompañaré con un jugo.

Colocó a la niña en la silla, luego se sentó frente a ella. La mirada de las muchachas le indicaron que se sentían tan inseguras como él. Fabi estaba parada y Kelia en la silla a un lado de la pequeña.

—¿Tú ya sabes lo de mi mamá Cristina?

La conversación había iniciado.

—Si, guerrera, me contó Fabiana. ¿Tú cómo te sientes con eso?

—Me gusta ser hija de Cristina. Tengo fotos, una cadena, una carta también. Es como sentirla.

—Yo la recuerdo poco, cuando vino a visitarnos, era hermosa como tú.

Le emoción en el brillo de sus pupilas fue evidente. Kelia acarició el cabello de la niña.

—Sí, nos traía regalos de los países que visitaba.

—¿Recuerdas su voz?

—Era pequeño.

—Yo sí, podías confundirla con la de Mili y su risa era igual de sonora.

—¿Ven? Ella sí se siente. No sé cómo, pero ahí está.

Marcial entró a la cocina.

—Buenos días, tío. El desayuno está listo. Sírvete lo que desees.

—Gracias. Todo huele delicioso, como siempre.

—Kelia y Goyi deben continuar sus labores normales, Fausto y yo iremos al hospital. Debo hacer los trámites del seguro, por si puedes acompañarnos.

—¿Tengo que ir a la escuela?

—Tienes que hacerlo, guerrera. Estaremos ocupados y no te puedes quedar sola.

La niña torció la boca mientras revolvía la comida con el tenedor.

—Quisiera ver a Fara, de ser posible, claro. Mañana debo regresar a cubrir unas notas en Washington. Lamento no poder quedarme más.

—No te preocupes, tío, lo entendemos. Somos conscientes de lo imprevisible que puede ser tu trabajo —indicó Fabi.

Goyi se quedó mirando a Marcial mientras explicaba que debía irse. Se tocó el pecho buscando el huequito, aún estaba ahí, a pesar de saber que él no era su papá. Marcial volteó a verla y se sentó junto a ella.

—Gregoria, me gustaría llamarte así porque quiero tratarte como a una niña mayor, ¿Te parece? —Ella asintió—. Primero que nada, considero que te debo una disculpa... Por todo. Por la mentira, más que nada, por no ser el padre que mereces. Me hubiera gustado ser quien te contara este secreto, lamento que te hayas enterado de esa manera.

—¿Me lo ibas a decir?

Marcial suspiró.

—Lo pensé algunas veces. Supongo que me dio miedo complicar la situación.

—Me gustaba ser tu hija, pero no que nunca hacíamos cosas juntos.

—Lo sé. Mi vida transcurre entre aviones. Por eso me gustaría... Quisiera que me perdonaras todo esto.

La niña tocó su mano.

—¿Y ahora?

—¿Me aceptas como tío viajero que vendrá a verte de vez en cuando?

Ambos sonrieron con tristeza, la niña asintió y él le dio un beso.

—¿Cómo se te ocurrió decir que eras mi papá?

—Mamá tuvo esa idea porque consideró que era la única manera de protegerte.

—No entiendo.

—Lo sabemos, linda. Es difícil para todos. A veces las cosas no son como deberían, los padres no se portan de forma correcta, las personas no son justas con sus parejas y tienen que huir—Kelia agregó.

—¿Me protegían de alguien así?

—Sí. —Marcial indicó.

—¿Mi papá de a de veras?

—Sí.

Todos callaron. No querían avasallar a la niña con demasiados datos, pero tampoco seguir mintiéndole. ¿Cómo explicarle el infierno que vivió Cristina al lado de su padre biológico? ¿Cuál era la medida exacta de información que deberían verter en su cabeza? El psicólogo instruyó que hicieran más preguntas que declaraciones. Conforme fuera creciendo buscaría información más detallada.

—¿Qué piensas de esto? —cuestionó Fabi.

Goyi miró a Fausto que permaneció en silencio.

—¿Te gustaría ser mi papá?

Fausto entornó los ojos y sacudió la cabeza con rapidez. Abrió la boca, luego volvió a cerrarla sin saber que decir.

—Linda, las cosas no son tan fáciles como te lo parecen.

—Lo sé, Kelia. Yo quería...

—Sí.

Todos giraron hacia Fausto.

—Sí quiero ser tu padre. En cuanto Fara esté bien. Haré una cita con el abogado.

PRONÓSTICOS

—Lo siento. Haremos todo lo que esté en nuestras manos... sus posibilidades son pocas.

Los tres asintieron.

—¿Y Fara? —preguntó Fausto.

—En este caso, el pronóstico es más alentador. Los laboratorios arrojaron mejores resultados y la presión sanguínea casi llega a un nivel normal. Creemos que el peligro de fallo renal ha pasado. La hemos transferido a terapia intermedia. Puede recibir visitas, restringidas. No menores, sin aparatos celulares o cualquier electrónico. Les pediría que pasen dos de ustedes por ahora para no cansarla, y al terminar la visita, se quede el familiar que hará guardia. ¿Tienen alguna duda?

—¿Fara esté enterada de... de la situación del pequeño? —Fabi falló al intentar sonar tranquila.

—Así es. Ha preguntado por su estado en dos ocasiones en que le dimos los pormenores sin detalles, no queramos que se altere.

—Muchas gracias, doctor —indicó Fabi—. Pasen ustedes a verla, mientras iré a ver lo del seguro, me quedaré a cuidarla por la tarde y noche. Mañana vendrá a reemplazarme Kelia. No debes descuidar la pastelería.

—Sí. Es sábado, llevaré a Goyi a la práctica de futbol y luego la tendré conmigo.

—Me parece bien.

—¿Saben? No sé qué pasaba por la cabeza de mi madre cuando me nombró guardián de la niña. Ustedes se bastan para esa labor. Supongo que no tuvo otra opción, entonces eran demasiado jóvenes.

—Tío, yo creo...

—Shhh... No digas lo que crees, Fausto, tendrías que mentir o herirme. —Bajó la cabeza—. Hice un mal papel. Supongo que siempre confié en que el cuidado de mamá era suficiente.

—Ella ya no está —Fabiana fue tajante.

—Lo sé. Ustedes fueron un refugio para la pequeña.

Giró hacia Fausto.

—Has sido su padre, ella lo dejó claro hoy... ¿Me permitirías llevar a la niña al juego mañana? Quisiera hacerlo por primera vez. Mi vuelo sale hasta la tarde. Puedo hacerlo.

Fausto asintió. No había nada que decirle a Marcial que él no se hubiera dicho a sí mismo muchas veces. Fabiana apretó la mandíbula y miró hacia el techo. No era una mujer de lágrimas, no empezaría ahora. Tras un largo silencio, decidió ir a ver al pequeño antes de hacer los trámites.

—Cuando subas, ¿podrías preguntarle a Fara qué desea que hagamos con respecto a Sonia? Si ella cree que debamos llamarla, prefiero hacerlo antes de desconectarme del mundo.

Fausto asintió.

Observó la incubadora. El nombre estaba escrito a sus pies: Rafael, sin apellidos.

RAYMUNDO

Me fastidia escuchar a la gente preguntar cuándo tendremos un hijo. Debería ser una cuestión prohibida, así, como mis temores; si me explotan las emociones, me quedo callado... Preguntan si estoy enojado, tuerzo la boca, ¿por qué decir lo que siento?, como hombre que soy, eso sí es tabú. Si pudiera hablar, lo primero que diría es que no tengo interés en ser padre. No está en mi sistema, aunque al parecer es una obligación familiar que hay que cumplir.

Sonia, en cambio, ha soñado con esto desde que la conozco. Siempre hablaba de un futuro rodeada de un montón de chiquillos, los sobrinos y los hijos. El tema se le volvió una obsesión.

Si le dijera a mamá que prefiero mi vida tranquila sin la responsabilidad de educar y cuidar a otro ser humano que dependería de mí por completo, se soltaría llorando. No lo entendería y lo que no entiende, no lo acepta. No concibe el mundo más que de la manera qué ella lo ve, llena de hijos y nietos.

Mejor me lo callo igual que tantas ideas que me debo guardar para evitar suspicacias y malas caras.

Sonia salió un día de la casa, sin decir a dónde. En la noche que llegué del trabajo, la busqué por todos lados. Era inusual no encontrarla a mi regreso. Le marqué, me preocupé la tercera vez que me mandó a buzón. Iba a intentar comunicarme con alguna de sus amigas cuando entró un mensaje. Me explicaba que había ido con Fara. No respondí. Sabría que lo leí, aun así, no consideré prudente decirle lo que pensaba. Intenté recordar alguna otra circunstancia en la que no hubiéramos coincidido... Sonreí mientras negaba y corregí mis pensamientos... alguna otra circunstancia en la que expresáramos nuestro desacuerdo. Igual que yo, sé que ella prefiere callar antes de tener un enfrentamiento.

Sin embargo, pensé que no había duda en esto, que ambos decidimos que el capítulo terminó. Hacer de cuenta que nada sucedió. Me molestó. No le veo la razón por la que fue a verla.

A su regreso no le hice ninguna pregunta, ni ella intentó explicarlo. Preferimos actuar como si ese repentino viaje hubiera sido un sueño. Lo que se ignora a veces desaparece, ¿o no?

Hoy recibió una llamada. La hermana de Fara le avisó que el niño nació antes de lo esperado. En cuanto colgó se puso a guardar las cosas en la maleta. Me sorprendió verla sacar documentos oficiales. ¿Qué estaba pensando hacer?

—¿A dónde vas?

—El niño nació antes y se encuentra al borde de la muerte.

Guardé silencio. No lo lamenté. De hecho, me pareció la mejor solución a todo. Tal como lo decidimos en un principio. Sin embargo, me guardé mis pensamientos, como siempre, cumplí esa ley no escrita para los hombres.

Deberíamos resignarnos, aceptar que, aunque luchamos, no conseguimos ese hijo. Uno *normal*. Uno, del cual sentirnos orgullosos frente a los amigos. Tan pronto el doctor dio el veredicto, la respuesta era simple... No.... Me confundió su reacción.

Una, dos tres, seis blusas, más pantalones, más vestidos, demasiada ropa.

—No me entra en la cabeza que te vayas.

—Es nuestro hijo. ¿No crees que deberíamos estar presentes en sus últimos momentos?

—Para mí es un ser extraño. Lo dejé ir hace meses cuando decidimos que no seríamos sus padres.

Me miró sin decir nada. Se acercó a la ventana. Se quedó parada ahí por un largo rato. Pensé que el silencio era un *tienes razón*.

—Necesito verlo —Volvió a mirar la calle—. Ella habló de darlo en adopción.

—¿Crees que alguien consideraría hacerlo?

—No lo sé. Si nosotros, que somos sus padres, no lo queremos, supongo que es difícil que alguien más decidiera aceptar ese reto.... Dijo que consultó a un abogado y seríamos nosotros los que debemos firmar para que el niño pueda ser dado en adopción.

No respondí. Quería que esta conversación terminara. Si era necesario firmar cientos de papeles para ello, empezaría a preparar el bolígrafo.

No se lo conté, pero yo también hablé con un abogado. No me gustaría que una demanda nos tomara por sorpresa.

—Tendría que solicitar una prueba de ADN para demostrar que es de ustedes. Podría pedir manutención o demandarlos por abandono de infante.

—¿Qué podemos hacer? ¿Ofrecerle dinero?

— La jurisprudencia sobre este tema es escasa en el país. Sin embargo, un requisito de la subrogación es que sea altruista, cualquier dinero ofrecido o aceptado quebranta la ley. Además, por lo que me dice, no lo hizo por un beneficio monetario. Creo que lo mejor es esperar. Si ella demanda, estar preparados con los documentos donde el médico indicó el diagnóstico o pruebas de que ustedes le indicaron que interrumpiera el embarazo. De darse, sería un juicio largo, por lo extraño. No puedo asegurarle el resultado. Creo que lo mejor es esperar a que ella dé el primer paso, al recibir la demanda... en esa circunstancia podrían llegar al arreglo económico.

Todo resuelto. Para qué tanta platicadera de lo mismo. me dolía la cabeza de hablar de personas que estaban fuera de mi vida.

Me dirigía a la cocina para servirme un vaso de agua. No tenía sed, solo necesitaba una razón para alejarme del tema que no nos conducía a ningún lado.

Regresé a la sala, ella tenía la maleta a sus pies y la bolsa al hombro.

—Me gustaría que estuvieras conmigo.

Nuestras miradas se enredaron en el silencio. Ni me gustan, ni soy bueno para los discursos, me es difícil armar las palabras que describan mis ideas. Una cosa sí tenía clara; esto terminó para mí desde que Fara se fue. No imaginé que lo considerara un tema abierto.

Lo intentamos. No fue exitoso. Deberíamos darle vuelta a la página y seguir igual que antes. No tengo duda, no existe en mí la menor intención de que ese niño esté en nuestra vida. Tal vez Sonia necesitaba un poco de tiempo. Decirle adiós a lo que nunca debió pasar.

Alcé los hombros y giré al lado contrario de la puerta de salida. Quería decirle que no se fuera, que es lo único que necesito. Que estoy completo de la manera en que vivimos.

Escuché el movimiento de la puerta, luego el cerrojo, despacio, sin hacerse notar. Tuve miedo de que no volviera a ser la misma.

ENTRENAMIENTO

Con su patada, el balón salió volando por encima de la portería... otra vez. La cara de Dafne y las otras chicas del equipo le indicaron molestia. El entrenador se le acercó y le pidió descansar en la banca.

—Parece que hoy tu mente está en otro lado, Goyi. Recuerda que la final será la próxima semana, no podemos perder la concentración. Anda siéntate un rato en lo que te despejas.

Caminó con rapidez y se sentó con ímpetu. Bebió un poco de agua y miró a las gradas. Marcial la saludó con un gesto de la mano. Ella movió la cabeza. Había deseado muchas veces que él la viera jugar. Ahora estaba ahí y no podía hacerlo bien. La voz de Lorenzo resonó en su cabeza «¿Qué piensas de eso?» La aturdía el huequito, esa sería la respuesta. Aventó la botella al piso.

—Recógela. Sabes que está prohibido tirar basura al suelo. Vas a lograr que te amoneste y te perderás la final.

Se agachó y recogió la botella.

No quería ser amonestada, ni que el entrenador le llamara la atención. Deseaba que Marcial se fuera. Le dolía la barriga de nuevo, como si los pájaros hubieran vuelto a anidar en sus entrañas. las lágrimas amenazaban con explotarle en la cara. Salió corriendo.

—¡Casavantes!... ¡Casavantes!

Los gritos del entrenador la hicieron apresurar sus pasos. Lo único que ella quería era desaparecer.

«¿Me perdonas?». preguntó él y le dijo que sí. Tocó su mano. Lo había hecho. Aun así, no podía dejar de sentir lo mismo que antes. A pesar de que ahora se transformó de papá a tío.

Se metió en el baño de niñas. Ahí no entrarían ellos, ¿o sí? Cerró la puerta y se sentó en el retrete. Las lágrimas iniciaron su recorrido, bajaron por sus párpados inferiores, luego sus mejillas, mojaron sus labios y a pesar de esa humedad los sintió resecarse, sabían a sal y abandono, a decepción e inseguridad. Se le llenaron las mangas de mocos; odió que el uniforme se ensuciara. Sintió la humedad recorrerle el cuello, se preguntó si bañarían a los pájaros interiores, tal vez así dejarían de revolotear causándole ese dolor extraño. De nuevo los mocos. Le molestaba seguir fluyendo.

—Gregoria. —Era su voz. ¿Por qué iba allí?

—Vete. Saldré cuando termine. Aquí no pasan los hombres —le dijo, entonando la voz lo más que pudo.

¿Y si nunca saliera? ¿Por qué tuvo que venir a la práctica hoy? Ya no era su padre, ¿por qué no lo hizo antes? Fue más fácil perdonarlo con todos los demás rodeándolos. Quería estar con Fausto, escuchar a Kelia con su voz de caricia, a Fabiana regañándola, a Fara y al bebé lejos de ese hospital, sin cables. Más que nada necesitaba a la abuela, sobre todo a ella.

«Camila, Camila». Repitió el nombre en su mente y no le pareció chocante.

Las lágrimas se detuvieron y los pájaros descansaron. Limpió las mangas con un poco de papel sanitario. Salió a lavarse la cara.

Abrió la puerta con lentitud. Los dos hombres y las chicas del equipo estaban esperándola.

—¿Te sientes mejor?

—Quiero ir a casa.

—De acuerdo. El próximo viernes será el último entrenamiento antes del partido final. ¿Crees que estarás bien para ese día?

—Sí —le murmuró a Rangel.

—Bien, ve a casa.

Marcial y ella caminaron al estacionamiento en silencio. Le abrió la portezuela del copiloto.

—No me permiten ir adelante.

—¿Aún no? Pensé que sí, lo siento.

Abrió la puerta trasera y esperó que se acomodara antes de subirse él.

—Goyi... yo... Mmm... ¿Te gustaría ir por un helado?

Ella tenía los brazos cruzados y miraba a la ventanilla. No giró el rostro al escuchar la pregunta.

—¿Cómo murió?

—¿Cristina? —Marcial apretó el volante. Carraspeó un poco antes de responder—. Naciste en España, no en Colombia —Se peinó el cabello hacia atrás con los dedos y se recargó en el asiento—. Le detectaron un aneurisma en el corazón... Es como si hubiera tenido una burbuja a punto de reventar por dentro. El médico decidió que nacieras un poquito antes, así que programaron la cirugía.

—Como a Fara. —Soltó los brazos y lo miró.

—Justo así... mamá y yo estuvimos junto a ella el día que naciste

—¿Te pidió que fueras?

—En realidad fue mamá quien lo hizo. Cristina la llamó y le dio todos los detalles. Me pidió que estuviéramos juntos. Cubría unas noticias en Sudamérica, no dudé en tomar un avión y estar a su lado. Te conocí, así de chiquita como Rafael, bueno, eras un poquito más grande.

Goyi se acercó al asiento delantero.

—¿Tenía cables?

—No, solo el suero en tu brazo. Tú mamá pudo alimentarte. Iba hasta el cunero y te abrazaba a su pecho, te cantaba, por eso te recuperaste pronto y creciste sana.

Sonrió.

—Me quería, ¿verdad?

—Mucho Goyi. Ella nunca se hubiera separado de ti en otras circunstancias.

—Hasta que murió —lo dijo bajito, mientras acariciaba la tela del asiento.

—Como te contaba, le detectaron un problema en el corazón. Un aneurisma... la burbuja a punto de reventar ¿recuerdas? Tenían que abrirle el pecho para... como si le hicieran un remiendo en su corazón, ¿me entiendes?

—Creo que sí.

—Ella decidió esperar que estuvieras más fuerte. Hasta que cumplieras un año. No se pudo, los doctores le indicaron que no podía esperar más. Llamó a mamá para que estuviera con ella, pero fue imposible dado que Fara estaba muy enferma. La cirugía era de mucho riesgo y la recuperación iba a ser larga. Yo estaba en Colombia mamá llamó para que la acompañara, Cristina me pidió que te tuviera conmigo mientras se recuperaba.

—¿Me llevaste a Colombia?

—Sí. Susana Salas, una amiga, me acompañó. Regresaríamos a Sudamérica una semana después de la operación, hasta verificar que estuviera todo bien, pero...

—Murió

—Sí.

La niña tocó el brazo de Marcial después de un incómodo silencio.

—No querías ser mi padre, sino protegerme.

—No... Goyi... yo

—Estamos bien... tío. —No le fue difícil llamarlo así—. Cuando vengas a vernos, sigue contándome cosas de mamá, por favor. Después, tal vez puedas contarme por qué escapaba de él... del papá del que me defendías.

—Cuando estés lista.

—¿Podemos irnos?

—Te llevaré con Fausto.

—¡Aja!

La observó antes de encender el automóvil. Era una niña sensible y madura. Lamentó no haber pasado más tiempo conociéndola. Era tarde para hacer algo al respecto. Tal vez pudiera ser mejor como tío.

—No cabe duda de que eres una niña grande.

—¿Antes podríamos ir por el helado que decías?

CONEXIONES

Fara salió de la terapia intermedia esa mañana. Los últimos laboratorios habían salido en rango y la presión, aunque aún en el límite, casi alcanzaba números normales. Estaba débil y de acuerdo con el doctor, pasarían algunos meses antes de que pudiera sentirse del todo bien. Con ejercicio leve, tranquilidad y una buena dieta le sería posible salir adelante.

Por el contrario, Rafael había decaído más, el pediatra informó que estaba rechazando el alimento y su mayor temor eran las infecciones oportunistas.

—¿Podría alimentarlo yo? —le preguntó Fara cuando nos daba el informe.

—Hay algunos medicamentos que tomas que nos impiden hacerlo. El pediatra está probando otro tipo de alimentación. Solo queda esperar.

Kelia llegó temprano a sustituir a Fabiana para que pudiera dormir un poco. Fausto llevaría a la niña a la escuela y todo parecía estar en orden.

Se despidió de las chicas y se dirigió al elevador. Aún no entraba, cuando Fabiana recibió una llamada de Sonia.

—¿Si viene que debo hacer? —Le preguntó a Fara la noche anterior.

—Deja que lo vea, es su madre. Yo misma quisiera hacerlo.

—¿Y si no aparece?

—Si el niño... si muere, nos haremos cargo.

—Por supuesto. ¿Y si no?

—¿Por qué no vivimos las cosas según se vayan dando?

Fabiana guardó silencio. No quería irritarla.

No conocía la razón de Sonia para estar ahí. Tal vez su hermana acertaba al indicar que debían esperar para saber cómo se daban las cosas.

Estaba frente al mostrador de recepción. Lucía pálida y cansada, más que nada confundida. Se acariciaba una mano con el pulgar de la otra, miraba al vacío.

—¿Sonia?

—Sí soy yo.

—Ven. Vamos con el doctor para informarle que eres la madre. Tal vez ahora puedan ponerse los apellidos del niño en la ficha del nombre.

Sonia frunció el ceño, pero no dijo nada. Caminó a dónde le indicaba. El médico autorizó que pudiera entrar hasta la incubadora. Le colocaron gorro, bata, botas y todo lo necesario para proteger al niño del exterior.

Fabiana observaba a través el vidrio. Sintió las dudas de la mujer. El titubeo al acercarse a la incubadora. Los ojos fijos en cada cable conectado al pequeño cuerpo.

Uno era para alimentarlo, otro entraba por la nariz para otorgarle oxígeno, otro más dentro de sus venas... Cada uno era una conexión con la vida. Parecía tener más cables que antes. Los de su nariz ahora eran más sofisticados. La enfermera les explicó que usaba un ventilador como apoyo para respirar debido a que él no tenía la fuerza suficiente para hacerlo por sí mismo. Se veía más pequeño, más indefenso que antes. Fabiana se alegró de que Goyi no estuviera ahí. No pudo evitar pensar en que todo el sacrificio que hizo su hermana por darle vida hubiera sido en vano. Al final parecía que el destino le fue trazado por la decisión de sus padres.

Vivir las cosas como se fueran dando, era todo lo que podían hacer. Fabiana se alejó.

La enfermera le dio indicaciones. Le permitieron introducir la mano, previamente desinfectada para que pudiera sentirlo. Le acarició el rostro con suavidad, luego la colocó sobre el pecho para percibir la vibración del corazón, a la par que escuchaba el latido en uno de los aparatos.

Los puños del chiquillo hicieron un movimiento rápido. Estaba vivo. «Son reflejos», le explicó la enfermera. Sonia entornó los ojos. Lo negó, para ella era una señal de que vivía. De nuevo le acarició el rostro. Se detuvo en la boca, luego subió a la escasa mata de pelo negro igual que el suyo.

El miedo y la soledad la rodeaban. Nunca fue valiente, no creía que su fuerza pudiera arropar a ese ser indefenso. Se llenó de dudas, el ritmo de su sangre era imparable. Cerró los ojos, luego acercó el rostro al plástico de la incubadora que contenía al pequeño.

Imaginó sus noches de desvelo, sus días de ansiedad. El temor de dejarlo solo. Recordó la imagen que tenía cuando soñaba con un hijo. Ahora debía enfrentar la verdad, Rafael no era un sueño... Rafael. ¿Era este niño su Rafael? La pregunta se repetía en su mente desde que se enteró de su nacimiento.

El nene movió la cabecita, arriba, abajo, a un lado, al otro, como si quisiera deshacerse de la sábana que lo rodeaba.

—Lamentamos no poderle dar muchas esperanzas. Está demasiado débil.

—Va a superarlo.

No entendió de dónde surgieron esas palabras. Solo supo que al pronunciarlas la invadió una paz infinita. De repente su espíritu obtuvo esa fuerza, Una voz que no escuchó de forma física le indicó que todo mejoraría, que no estaba sola.

La enfermera no hizo comentarios, aunque mostró un poco de confusión.

Agradeció, luego giró hacia el pequeño.

—Estoy aquí, Rafael. No me iré. Lo estaré siempre. No me conoces. Nunca escuchaste mi voz ni mis latidos, no pude sentirte dentro de mi vientre, pero te siento ahora. Te aferraré a mi pecho y escucharemos nuestros corazones hasta que alguno se detenga. Lo prometo. No te abandonaré a pesar de que solo seamos tú y yo.

A la hora de visita, subiría al cuarto a explicarle a Fara la decisión que acababa de tomar.

—Disculpe, enfermera, más tarde iré a recepción a llevar los documentos para registrar al niño de forma correcta. ¿Podría escribir el nombre completo? Rafael Lombardo Acevedo, igual que yo... No tiene padre.

CAMPEONATO

Los días siguientes fueron un tanto abrumadores. Entre las visitas y cuidados en el hospital, todos se sentían cansados. A pesar de eso Fabiana y Fausto no perdieron el entusiasmo de acompañar a Goyi al viaje de campeonato. Kelia y Sonia se quedaron al pendiente de cualquier cosa que fuera necesaria en el hospital

El médico indicó que era probable que la dieran de alta después del fin de semana, lo cual era ventajoso para todos, así les sería más fácil turnarse para darle lo que necesitara.

En cambio, la salud del niño provocaba un vaivén de emociones. Un día iba mejorando al aceptar la leche de soya y al otro recaía por una infección oportunista. Sonia, pasaba el mayor tiempo posible a su lado.

Afuera de ese hospital, la vida seguía. Maletas en mano, los chicos subieron al autobús para dirigirse a la cancha donde se decidiría el ganador.

Dos horas de camino rodeados de padres orgullosos y niñas emocionadas los ayudaron a olvidarse de los problemas en casa. A ratos cantaban, jugaban o platicaban y a ratos todo era silencio hasta que una carcajada infantil rompía la pausa.

Las chicas del uniforme azul calentaban en la cancha cuando las del verde esmeralda bajaron del autobús. Después de ellas, los familiares. El entrenador les indicó que tomaran su lugar en las gradas. Antes de hacerlo, cada uno se acercó a sus pequeñas para desearles lo mejor.

—Siéntete orgullosa de ti, mi guerrera.

—Claro que sí —reiteró Fabiana—. No solo porque llegaron a la final, sino porque gracias a ti, se les dio su lugar como equipo.

—Y gracias a mi papá Fausto —lo miró traviesa. Él le devolvió la sonrisa y desordenó su cabello.

—Vamos a nuestros lugares, *papá Fausto* —bromeó Fabiana dirigiéndose a las gradas.

El árbitro silbó a la hora exacta. Las chicas azules fueron las primeras en mover el balón al haber ganado el azar de la moneda. Cada una de las verde esmeralda ocuparon su lugar. Ambos entrenadores daban indicaciones desde su línea de cancha.

Los primeros minutos del partido transcurrieron un poco monótonos. Ambos equipos buscaban la portería sin que ninguno permitiera al otro avanzar lo suficiente para que tomara ventaja.

En el minuto quince, las jugadoras del equipo verde esmeralda comenzaron a presionar al azul. Tras una serie de pases cortos y rápidos, Goyi logró anotar el primer gol con un remate potente desde fuera del área. Las chicas corrieron a abrazarla, su cabeza giró hasta las gradas, deseaba observar la alegría de Fabiana y su padre.

Los familiares de las chicas se levantaron y gritaron eufóricos de ver que habían abierto el marcador.

Sin embargo, el equipo azul respondió de inmediato. Con gran habilidad, la jugadora número cuatro esquivó a varias de las chicas del verde y, tras una serie de fintas, logró anotar un espectacular gol con el pie izquierdo. Del otro lado de las gradas, los familiares festejaban el gol del empate. Fausto y Fara aplaudieron animando al equipo a no desanimarse. Él sonreía, un gesto que llenó todos los huequitos escondidos de Goyi. Ganar o perder, le pareció insignificante. Habían llegado a la final, estaba segura de que, si las azules rompieran el empate y ganaran la copa, la sonrisa de su papá sería la misma.

En el minuto veinticinco, a punto de que terminara el primer tiempo, Paula logró el control de la pelota. Tras un remate colocado al rincón izquierdo de la portería, logró vencer al rival. Goyi levantó los puños, luego bajó los brazos mientras un sí salía de su boca.

Fabiana sintió que el corazón subía hasta su cabeza. Todos estallaron en júbilo al ver que su equipo se iba al medio tiempo con ventaja en el marcador.

Las niñas revolotearon alrededor del entrenador, saltando y felicitándose unas a otras. Rangel les pidió calma y comenzó a darles consejos. Goyi giró a las gradas. Fabiana le aventó un beso que ella atrapó en el aire y lo colocó en la mejilla. Luego puso sus labios en el puño y lo lanzó de regreso.

El árbitro ocupó la cancha para indicar que el juego debía continuar, el equipo azul dejó claro que no iba a rendirse y comenzó a luchar por empatar el partido. Cerca del minuto diez del segundo tiempo, de nuevo la jugadora número cuatro logró anotar el segundo gol para su equipo, tras una gran jugada que no le dio opciones a la portera.

Otra vez las gradas opuestas a Fabiana y Fausto gritaban de emoción, mientras ellos animaban a las jugadoras, gritando e indicándoles que ellas podían superarlas.

Ambos equipos continuaron luchando por la victoria. Las jugadoras azules obtenían el balón y corrían en un intento por sorprender al otro conjunto que rechazaba embate y avanzaba al lado opuesto intentando hacer lo mismo.

En el minuto veintiocho del segundo tiempo, las jugadoras verdes consiguieron la posesión del balón, Paula esquivó a todas, franqueada por Goyi, a quien le dio un pase extraordinario, tras un gran disparo desde fuera del área logró un tiro que se coló por el ángulo superior derecho de la red. De nuevo, buscó a los muchachos en las gradas y les sonrió satisfecha.

Los últimos segundos del partido fueron cardiacos, con ambas escuadras en busca del gol del triunfo. Sin embargo, el árbitro silbó el final. El resultado quedó en tres goles a dos a favor del equipo verde esmeralda.

Las niñas brincaron y giraron con los brazos en alto hasta marearse, luego, se abrazaron y gritaron entusiasmadas. Rangel se unió a la algarabía, al igual que los padres que dejaban las gradas para acercarse y felicitarlas.

Goyi corrió hacia Fausto que la levantó y le dio tres giros antes de ponerla en el suelo para que Fabiana la abrazara.

—Lo sabía, somos mejores que los niños.

—Oye, no es bueno presumir las victorias —la reprendió Fabiana.

—Pues ellos siempre se burlaban de nuestro equipo.

—Pues ahora les toca demostrar que ustedes no son iguales a ellos.

Fausto asintió apoyando a Fabiana. La niña alzó los hombros y frunció la boca con la sonrisa en las pupilas.

Después de recibir su trofeo, las fotos y las felicitaciones del equipo contrario, todos fueron a festejar con una visita a una pizzería.

RAFAEL

Fara se fue fortaleciendo poco a poco. Sabían que no iban a ser días, sino meses para que volviera a ser la misma. Sin embargo, ya en casa, se turnaban para vigilar que comiera a sus horas y no se levantara si no era necesario.

Se suponía que Sonia estaba con ella en el departamento, aunque en realidad, la mayor parte del tiempo la pasaba en el hospital junto a Rafael.

Esa mañana el doctor le comunicó que había vencido la infección, aceptó el alimento y cada minuto ofrecía un poco de esperanza en su recuperación.

—Aún es muy pequeño y debe permanecer en la incubadora hasta que supere sus problemas y gane un peso apropiado. Sin embargo, puede respirar por sí mismo por lo que ya no necesita el ventilador. Ese Rafael es un luchador, igual que su madre.

Ella alzó los hombros. Si un mes atrás la hubieran descrito de esa manera, pensaría que era una burla. Su hijo la estaba enseñando.

Había llamado a Raymundo. Intentó darle los pormenores del niño; él no se lo permitió.

—No estoy interesado, Sonia. Cuando regreses, continuaremos como antes y este será un tema del que no hablaremos más.

—No regresaré, Ray. Lo siento. Todo cambió. He decidido mudarme a esta ciudad. Mi trabajo de diseñadora puedo hacerlo en cualquier parte. Trasladaré mi oficina a la ciudad. No es grande, lo suficiente para prosperar y a la vez pequeña para criar a un hijo con un poco de seguridad.

Silencio absoluto que se eternizó. Luego, un *entiendo* que marcó el final.

No intentó disuadirla, ni puso ninguna condición al divorcio. Ella sintió una punzada en el vientre al escuchar las palabras que terminaban lo que antes imaginó infinito. Tal vez lo decidió al verla salir hacia el encuentro con su hijo. Tal vez vislumbró el resurgimiento de una ilusión, incluso antes de que ella lo percibiera. Había esperado sorpresa, enojo, fantaseó incluso con un ruego débil de su parte. Sin embargo, tal era su carácter, siempre congruente con sus decisiones.

Ahora su hijo y ella eran uno, quien no aceptara a uno, tampoco podría tener al otro. Dolía, no podía dejar de amarlo de un momento al otro. Durante su matrimonio, fue un buen esposo.

Pero ahora su hijo era lo único importante y si ello significaba comenzar a soltar a quien antes fue su familia, no lo dudaría.

Fara le ofreció su hogar y lo aceptó. Sin indicar la duración de este plan. Le ofreció a su familia, tíos para Rafael y amigos para ella. Conforme su relación se hiciera cercana, tal vez podrían convertirse en nuevos hermanos. Estaba segura de que en cuanto sus padres se enteraran de la condición del niño, lo rechazarían, igual que lo hizo ella antes de que naciera. Ahora era capaz de dar su vida por él.

El pediatra continuó con las recomendaciones y ella las escuchó con atención. Ansiaba el día en que el diagnóstico fuera un *puede llevarlo a casa.*

—No estarás sola, yo siempre los acompañaré a ti y a Rafael —le prometió Fara cuando aún estaba en el hospital—. Nunca consideré ser su madre, ni antes ni después del nacimiento, pero si me siento unida a su corazón.

—Gracias. No me arrepiento de haber espantado a esos ladrones y haberte elegido.

Tomó su mano.

—Tal vez algún día Raymundo deseé conocerlo.

—Lo sentí resignado a perderme, dudo mucho que cambie de opinión. No es importante.

VELVET

Fabiana le prometió a Goyi que le enseñaría a crear un pastel como premio por haber ayudado a su equipo a ganar la copa.

—¿Cuál pastel te gustaría preparar?

—Uno rojo.

—¿Uno rojo? Ya sé, prepararemos uno que está escrito en el recetario de Mili.

Los ojos de la niña brillaron al abrirse. Asintió tres veces.

—¿Sabes? Este lo escribió para su boda. Quería que fuera espectacular.

—¿Y les gustó a los invitados?

—No pudo prepararlo, solo lo planeó.

—¿Por qué?

—Porque hay personas que no saben decir lo que quieren y aceptan que los demás se los diga.

—¿Así era ella?

—Así fue al principio, luego aprendió a imponerse. A decir lo que pensaba y lo que quería... Prenderé el horno desde ahorita para que esté caliente cuando metamos el pastel, mientras tú, engrasa el molde, ponle un poquito de mantequilla, luego un poco de harina de maíz.

—Creo que es suficiente con esa harina. Muévele bien para que se integre con la mantequilla. Ahora quita el sobrante...

—¿Así está bien?

—Perfecta. Déjame traer los ingredientes. Mira. Ayúdame, mezcla bien la cocoa, la harina de arroz integral, la de coco y la de tapioca, luego agregaremos el polvo de hornear... Ah y una pizca de sal.

—¿Sal? ¿No será dulce?

—Una pizca para que realce los demás sabores... ¡Ay! Casi lo olvido, le ponemos una cucharadita de bicarbonato también.

La niña sonreía mientras revolvía los ingredientes secos con las manos. Fabi tomó un poco de harina y la colocó en su nariz. Goyi abrió y la boca para luego soltar una carcajada contagiosa.

—A ponernos serias, hay mucho por hacer. Voy a batir el aceite de oliva con el azúcar, luego agregamos los huevos y la vainilla.

—Yo los rompo ¿sí?

—Claro. Y también me ayudas para poner el colorante vegetal.

—Sí, que esté muy rojo.

—Perfecto, ¿recuerdas que al principio le puse jugo de limón a la leche y la dejamos ahí como olvidada? Bueno pues es el momento para incorporarla a la mezcla, despacio... Así muy bien.

—¿La abuela preparaba esta receta?

—Que yo recuerde solo una vez, dijo que fue una ocasión especial. Le di muchas vueltas y me forcé a recordar, creo que las fechas corresponden a tu nacimiento. Tío Marcial llegó, con un aspecto raro. Alegre, nostálgico, triste o emocionado, no pude descifrar cuál sentimiento lo invadía. Ahora sé que era todo junto, celebraban tu nacimiento. Ella preparó un menú completo. Y ese pastel fue el toque extraordinario de la cena.

—Es mi pastel.

—Sí, Goyi. Es tu pastel.

Fabi abrazó a la niña que se le acurrucó en el cuerpo. Acarició su cabello, en silencio, cada una atrapada en sus pensamientos y recuerdos.

—¿Qué sigue? —preguntó la niña, al tiempo que se soltaba del abrazo.

—Pues, verterlo en el molde y hornearlo durante veinticinco minutos. Vamos a sentarnos en la sala a esperar que esté listo. Luego prepararemos el betún de chocolate blanco, nueces y arándanos, que te va a encantar. Justo así está en el cuaderno de Mili.

—¿Crees que en el futuro seré repostera como tú?

—No lo sé. A tu edad yo me la pasaba aprendiendo y creando recetas, pero Fara descubrió apenas que también le gusta cocinar. De todos modos, no tienes que hacer lo mismo que nosotros, incluido Fausto, tú debes crear tu propio camino.

—Pues entonces, creo que seré futbolista.

Wafles marmoleados con cacao y nueces

Ingredientes:

2 tazas de harina

1 cucharadita de polvo de hornear

Una pizca de sal

2 huevos

1 3/4 tazas de leche

1/4 de taza de mantequilla derretida

1 cucharadita de extracto de vainilla

3 cucharadas de cacao en polvo

1/2 taza de nueces picadas

Salsa de Fresa:

1 taza de fresas frescas, lavadas y picadas

1/4 de taza de azúcar

1 cucharadita de jugo de limón

Salsa de Chocolate:

1/2 taza de chocolate semiamargo, rallado

1/4 de taza de crema espesa

Preparación:

Precalienta la plancha para wafles. En un bol grande, combina la harina, el polvo de hornear y la sal. En otro recipiente, bate los huevos y agrega la leche, la mantequilla derretida y el extracto de vainilla. Agítalo bien. Vierte la mezcla líquida sobre los ingredientes secos y revuelve hasta que la masa quede uniforme. Divide la masa. Agrega el cacao en polvo a una parte y revuelve. Agrega las nueces picadas a la otra, mezcla también. En la plancha caliente, vierte porciones alternas de masa regular y de cacao para crear un efecto marmoleado. Cocina los wafles según las instrucciones hasta que estén dorados y crujientes. Retíralos y sírvelos calientes.

Preparación de las Salsas:

Salsa de Fresa:

En una cacerola pequeña, combina las fresas picadas, el azúcar y el jugo de limón. Cocina a fuego medio, revolviendo ocasionalmente, hasta que las fresas se disuelvan y la mezcla espese ligeramente. Retira del fuego y deja enfriar antes de servir.

Salsa de Chocolate:

En una cacerola pequeña, calienta la crema espesa sin dejarla hervir. Agrega el chocolate picado y revuelve hasta que se derrita y la mezcla esté suave y brillante. Retira del fuego y deja enfriar ligeramente.

Sirve los wafles marmoleados en platos individuales. Acompáñalos con las salsas dulces de fresa y chocolate. ¡Disfrútalos!

(Receta popular)

PARTE IV

Despedida

«Las cosas no cambian, cambiamos nosotros». Henry David Thoreau.

Fabiana abrió el cajón de la cómoda, tomó la carta y de inmediato la aventó hacia la cama como si le quemara. Su mente comenzó a analizar qué era con exactitud lo que le impedía leerla.

Deseaba conocer la razón para alejarla de la pastelería y al mismo tiempo la aterraba descubrirlo. Cerró los ojos. La imagen de Mili, caminando hacia ella, ofreciéndole un abrazo, una palabra de consuelo, invadió sus recuerdos. Abrió los ojos, tomó el papel de nuevo y se acomodó en el sillón a leerla.

Los saludos normales de una carta, un deseo de que estuviera bien a pe

sar de su partida. Muchas palabras profundas, renglones de cariño y de buenos deseos. De pronto, la explicación:

Sé que te preguntas el porqué de mi decisión. Antes que nada, es necesario que sepas que no fue fácil hacerlo. A todos ustedes, mis nietos, les di lo que mi corazón me dictó. Tal vez me equivoqué, pero tuve la ilusión de regalarles lo intangible a través de algo material.

A Fausto le heredé la dirección de la pastelería con la esperanza de que obtuviera la seguridad que le hace falta.

A Fara también le di una parte como una forma de entregarle un refugio. Si todo lo que busca afuera la dejara insatisfecha, siempre tendría a dónde volver. Cuando me enteré de que iba a ser madre, sentí que hice lo correcto, al menos, en lo que concierne a ella.

A ti, quise darte la independencia... Te escuché, cariño. Te escuché hablando con Kelia de la beca que deseabas para estudiar en Le Cordon Bleu en París. Pude sentir toda la pasión de tu deseo.

Querías volar, es solo que yo no te lo permití. Desde pequeña me prendí a ti como la responsable de mi legado. Esa noche me puse a recordar. Entendí que siempre fui yo la que se proyectaba a través de ti... Espera, sé lo que estás pensando, que tú amas tu trabajo, claro que lo sé, aunque también deseas otras cosas. Lo entiendo, si tienes esta carta, significa que encontraste mi cuaderno de fantasías. Espero que me entiendas. Yo también soñaba y alguien detuvo mi vuelo. Acepté que tu abuelo me manipulara hasta que mis proyectos adormecieron. Sin querer, de cierta forma hice lo mismo contigo.

No debes aferrarte a mis planes. Comienza los tuyos. Tienes mucho potencial, puedes lograr más de lo que yo misma soñé y dejé escapar. Le di prioridad a formar mi familia... No me malinterpretes, amo a mis hijos y a mis nietos, no los hubiera cambiado por ningún otro logro. Sin embargo, una parte de mí enmudeció. De vez en cuando percibía sus gritos ahogados muy dentro, los ignoraba, justo así.

Esa noche escuché sin querer cuando le dijiste a Kelia que no ibas a dejarme, que yo te necesitaba. Decidí hablar contigo y ayudarte con la beca. Todo iba a ser perfecto. Esa era mi intención, solo que recibí el diagnóstico. El cáncer que llegó sin anunciarse, intempestivo y cruel, sin darme ninguna oportunidad de vencerlo.

Fui egoísta, te necesitaba al final, más que a nadie y decidí posponer tu libertad. Posponerla, mi niña, justo eso. Ahora que no estoy, te libero de mi legado. Solicité una beca en tu nombre que fue aprobada. No te enojes. Pronto no estaré aquí y tuve miedo de que mi recuerdo siguiera atándote. Puedes ir a Francia, luego decide si vuelves a la pastelería, ya con una propuesta para tus hermanos, después del año que los libera. Esa ya será decisión de ustedes.

El notario tiene los papeles de la beca, le indiqué que te los diera cuando los pidieras o la fecha de inicio de tu curso estuviera cerca. Lo que llegara primero.

Te amo cariño, Triunfa por las dos,

Mili

Fabiana soltó la carta. Algo atorado en la garganta no le permitía respirar. Imaginó mil cosas, ninguna se acercó a lo que en realidad había sucedido.

Recordó las veces que Kelia y ella hablaron del tema. Siempre fue un sueño inalcanzable. No el alejarse de Mili, o soltar su trabajo, sino avanzar.

—¿Te asusta?

—No es eso. —Sí lo era—. Es que...

—¿Qué?

—No abandonaría la pastelería o a Mili. Me han dado mucho y no se lo merecen.

Tanto, que fueron ellas las que la soltaron. Abrió el celular y le envió un mensaje a Kelia, preguntaba si podía marcarle. El teléfono sonó como respuesta.

—Leí la carta.

—¿Y?

—Consiguió la beca en Francia para mí. Quería que me fuera.

—Pues preparemos todo para el viaje.

—¿Te irías conmigo?

—¿Y lo preguntas?, con la de talleres de orfebrería que habrá. Imagínate lo que hay que aprender por allá.

—¿Cuánto tendríamos que invertir?

—Pues ahora entiendo por qué me heredó el joyero.

ADOPCIÓN

El destello del sol se desaparecía en uno de los sillones de la sala de espera. Fausto se quedó mirando las pequeñas partículas que volaban entre la luz.

—¿Qué son, abuela?

—Polvo, gotas de agua o partículas suspendidas en la atmósfera, dicen. Pero yo creo que hay algo más; la esencia de las personas que amamos y que trascendieron a otro plano. Ellos están cerca y se nos manifiestan a través de la luz del sol.

—¿Están papá y mamá ahí?

—Me gusta pensar que así es.

De pronto volvió a ser ese niño pequeño que buscaba entre los rayos a aquellos que ya no estaban. Solía colocar la mano en un intento inútil por acariciar la luz que desaparecía con cada movimiento. De la misma manera, se le desvanecía el recuerdo de sus padres, por más que intentara conservarlo en su cerebro. De nuevo, sentado junto a la luz intentó atrapar entre el destello del sol un poco del espíritu de la abuela. Cerró los ojos y suspiró.

La voz de la recepcionista le indicó que Ferrer estaba listo para recibirlo.

Inició los trámites una semana después de regresar del campeonato. Se lo había prometido a Goyi. Marcial tuvo que venir en un viaje relámpago para la firma de autorización de la adopción. Ese fue un trámite rápido. Lo siguiente fue comenzar con el de los estudios psicológicos y socioeconómicos. Tenía a su favor, según indicó Ferrer, las recomendaciones de los psicólogos y los profesores de la escuela

—Pase, el licenciado lo está esperando.

—Gracias.

Ferrer lo recibió sin ningún gesto que indicara si la citación que recibió era noticia buena o mala, como siempre, su profesionalismo dominaba la escena. Era un hombre de toda la confianza de la abuela, no había razón para dudar que no lograría su cometido esta vez.

—Seguimos en lo mismo. Tiene que armarse de paciencia, señor Alvarado. Las entrevistas y todo el papeleo toman mucho tiempo, pero le aseguro que el inconveniente de su soltería es un problema menor en esta entidad; sobre todo, porque tiene la ayuda de sus hermanas. Si a eso le agregamos que el ambiente donde la niña ha crecido no cambiaría, estoy seguro de un resultado positivo. El citatorio del juzgado, que le acaba de llegar, es un inicio.

—¿Será una nueva prueba?

—No se preocupe, por eso lo llamé, para indicarle la etapa en la que vamos. Trabajaremos un poco en las preguntas y los temas a tratar en esta nueva entrevista.

—Bien. Ya estamos en camino y no queda más que esperar el siguiente trámite.

—No hay prisa, ¿o sí?

—No de mi parte, pero a la niña se le hace eterno no ver ese papel en sus manos, el documento que diga que es mi hija y que su nombre cambiará a Gregoria Alvarado.

Fausto miró a la ventana detrás de la silla de Ferrer. La luz del sol se asomaba a través del vidrio, reflejándose en su pecho como señal de esperanza.

MUDANZA

La temporada de calor estaba en su apogeo. Fausto y Sonia metieron la última caja al departamento de Fara. Apenas entrando, él colocó la carga en el piso y comenzó a secarse el sudor de la frente.

—Creí que nunca terminaríamos. Parece que te trajiste la ciudad entera. ¿Me explico?

—Exageras, apenas unas cuantas cosas. Además, aún no terminamos, hay que llevar las cajas a la que será nuestra habitación —explicó Sonia.

—Temía esas palabras. —Hizo una mueca fingiendo enfado, entornó los ojos y le revolvió el cabello—. Pues vamos, antes que me acueste en ese sofá y duerma por horas.

—Oye no me despeines. —Ella le devolvió el gesto y le enredó el cabello entre los dedos mientras veía como los ojos iluminaban su sonrisa. Una mirada larga que fue interrumpida por la voz de Fara.

—El nene está dormido, será mejor que no hagan ruido.

—¡Me parecía imposible tener a mi hijo fuera del hospital!

—Las cosas van acomodándose. Juntas podremos sacar adelante a ese chiquillo, ya verás.

—¿Y a mí dónde me dejan?

Sonia volteó hacia Fausto y le entregó una sonrisa diferente.

—No saben cuánto les agradezco todo lo que hacen por mí.

—Eres parte de la familia, Sonia. Tu hijo fue parte de mi cuerpo, ¿crees acaso que podría tenerlo lejos o ser indiferente a sus necesidades?

—Así es. Es mejor que continuemos subiendo cajas y muebles, me urge terminar y acostarme en ese sillón.

—Sin ruido, ¿recuerdan?

—Vamos pues. Yo subo esta caja y tú, Fausto, aquella que está más pesada —sugirió Sonia.

—Les ayudo con alguna.

—¡Nooo! —dijeron al unísono—. Tú descansa, recuerda que nada de esfuerzos.

—¡Uch! Está bien, pero ni crean que me quedaré sentada. Mejor organizo algo para comer.

FRANCIA

Al vehículo de Fabiana no le cabía una maleta más. Fausto decidió permanecer a un lado, mientras las chicas iban y venían con maletas, bolsas, gritos, euforia y por supuesto, despedida. Cada frase, cada acción le indicaba que era real. Fabiana y Kelia se irían por largo tiempo. Sintió un vacío en el estómago, ¿cómo es posible sentirse tan feliz por alguien al ver que va avanzando en la vida y, a la vez dominado por una tristeza capaz de terminar con cada ilusión de tu vida? Ellas se iban felices, extrañar le corresponde al que se queda, no al que va buscando su destino.

Sonia estaba sentada en una mecedora junto a la fuente, Rafael, en sus brazos, ajeno a todo el barullo que había en casa. El semblante de Fausto mostró su alegría, era lindo ver el amor hacia su pequeño. Como si ellos dos pertenecieran a este lugar. Más adelante, ella pondría una oficina igual a la que tenía en la capital, por lo pronto había decidido darle lentitud a todo lo que no fuera criar a su hijo.

Goyi sostenía una bolsa que tapaba su rostro y Fabiana cargaba un paquete que por supuesto no cabría en el automóvil.

Fausto giró hacia la cajuela, donde las maletas no permitirían cerrarla, si se ponía algo más encima de ellas.

—Ni lo pienses, eso no cabrá, ni aquí ni en el avión.

—Solo la bolsa, el paquete lo pondré en mis piernas y no subirá al avión, quiero decir, no como parte de nuestro equipaje. Algunos los enviaré en paquetería. Los tendremos una semana después.

—Es mucho, ¿verdad? — preguntó Kelia.

—Querían llevarse todo lo de su cuarto —Goyi se tapó la boca para ocultar su risa.

—Más lo que no se ve. Se va con ustedes una parte de nosotros. No lo olviden. Cuando me fui a la capital me gustaba imaginar lo que estarían haciendo a ciertas horas. Claro que ahora será fácil saberlo, mientras yo hago cosas, ustedes estarán durmiendo —dijo Fara al tiempo que tomaba a su hermana por los hombros.

—De igual manera, nosotras dejamos el alma aquí. Tal vez esa parte nos ate tanto que un día regresemos.

—Como me sucedió a mí que juraba que no volvería.

—O tal vez no. De cualquier manera, seguiremos unidos, en estos tiempos las distancias no son barreras. —Fausto rodeó el otro hombro de Fabiana.

—Ya lo dirá la vida.

Kelia se unió al abrazo. Y Goyi quedó en medio de todos. Cada uno recordando, imaginando, prediciendo. Todos con un gran amor erizándoles la piel. A Sonia la iluminó una sonrisa. Se acercó despacio al grupo.

—No quisiera que terminara este abrazo, chicos, pero van con el tiempo medido.

—Tienen razón. —Fabi se secó las lágrimas.

—Yo no iré. —Fara aclaró su garganta—. Si no les molesta, prefiero quedarme con Sonia y Rafael.

—Está bien —Fausto acarició su mejilla.

—Yo sí voy a ir. Quiero verlas hasta que el avión se pierda en el cielo.

—Sube pues, guerrera. Debemos darnos prisa.

Los chicos subieron a la camioneta. Conforme fue avanzando, Sonia y Fara agitaron las manos como señal de despedida.

Cuando se volvieron un punto lejano, Sonia abrazó a Fara, quien ya no detuvo su llanto.

—Estoy feliz por ellas, es solo que...

—Lo sé. Alguna vez escuché esta frase: «me arranqué el corazón para darle poder a mi mente».

—Nunca mejor aplicada que en este momento. No es que no quiera que se vayan, es que sé que nada volverá a ser igual, incluso si vuelven, ya no seremos los mismo, la vida nos va cambiando.

—Duele terminar algunas etapas, te lo digo yo, pero luego levantamos la cabeza y el nuevo ciclo nos abraza en un empuje para continuar nuestra vida.

CONVERGENCIA

La mañana se fue demasiado rápido con los asuntos que Fausto tuvo que atender. Era evidente que iba de maravilla, incluso tenía sueños, que aún no comentaba con sus hermanas. Como el de abrir una sucursal algún día. Con las ideas de Sonia y de Fara lograron ir un paso adelante en novedades y promoción, lo que expandió las posibilidades.

De cualquier forma, a este lugar seguiría haciéndole falta la mano de Fabiana. Se tocó el tatuaje del brazo que cubría la cicatriz. Hace unos meses ella peleaba por un lugar y hoy estaba en un país extraño aprendiendo nuevas formas de enamorar con su sazón. Tenía confianza en que al terminar la especialidad volviera al origen.

Por la tarde Goyi y él irían primero a recoger las cosas que necesitaba para llevarlas al departamento. Ya casi era un mes sin las chicas y aún quedaban juguetes y ropa de la niña sin empacar en casa de Fabi.

Después irían por Dafne para que los acompañara al refugio de animales donde escogería a un nuevo amigo gatuno o perruno, aún no lo había decidido. Dijo que era mejor esperar a verlos y enamorarse del que sería su compañero de juegos.

—Rafael está chiquito para que pueda escoger, tendrá que adaptarse a mi decisión. Después de todo, soy la prima mayor.

—La única.

—¿habrá más?

Fausto se encogió de hombros imitando el habitual gesto de la niña, que soltó una carcajada.

Intentó dejar de pensar en todo y concentrarse en las cuentas, si no. nunca acabaría. Ya era tarde para cocinar, decidió avanzar lo más que pudo y comprar una pizza de camino a casa.

El teléfono interrumpió sus intenciones. Lo tomó por inercia. Luego leyó el nombre en la pantalla. Por largo tiempo, esas cinco letras habían desaparecido, sin mensajes, sin teléfono, sin esperanzas. El quinto timbre lo obligó a decidir entre contestar o dejar que la llamada se perdiera.

—Hola.

—Que tal. ¿Cómo estás?

—Sorprendido.

—Ya sé.

—¿Y tú?

—Aburrida.

—¿Será por eso por lo que marcas?

—Será por eso por lo que hoy me atreví.

—¿Qué buscas, Eirin?

—Nada nuevo, solo saber de ti.

—Nada nuevo... Lo entiendo.

—¿Te gustaría que nos viéramos? —El silencio pareció eterno. Cada uno perdido en sus pensamientos, en sus deseos y sus temores—. Te lo repito, nada ha cambiado

—Sin embargo, todo es distinto.

—Me lo imagino —musitó.

—¿Te parece bien mañana a las diez, donde siempre?

Myrna del Carmen Flores es mexicana. Se ha dedicado a la docencia y a la traducción que combina con su amor por la escritura. Es autora de las novelas *La tía Amelia* (2017) y *Frente al espejo (*2019*),* los libros de cuentos *Inmutable transformación (2018) y Los olores del alma (*2022). Ha participado en antologías como Fuimos niñas (2023) de la serie Mujeres con voz de tinta, *Mujeres hablando* (2023) de la editorial Corda, entre otras.

Made in the USA
Middletown, DE
30 June 2024